怪談四十九夜
茶毘

黒木あるじ
編著

まえがき

黒木あるじ

「怪談四十九夜」も、いよいよ五冊目を数えることとなりました。前作までと同様に監修を拝命している私ですが相変わらず名ばかりの肩書きでして、この本を手にした皆さんとおなじく一読者の目線で楽しみたく思っております。
それにしても前作が「出棺」で今作が「荼毘」とは、なんとも禍々しい題名です。「怪談実話を扱った本だもの、清々しいタイトルのほうが珍しいだろ」と言われればそのとおりなのですが「それにしても担当編集者はよく思いつくものだ」と感心してしまいました。もしや、すでに取り憑かれているのではないかと不安になります。

荼毘とは火葬を意味する仏教用語ですが、その語源は《ディーヤーパティ》というサンスクリット語なのだそうです。古代のインドでは、火葬が正式な葬送手段として土葬や風葬、水葬などといった他の葬送より重んじられていたのだとか。どうやら、「生前の姿から変わり果てた骨に形状を変えることで、故人は呪術から守られる」と考えていたようです。火葬には、死者を守護するための意味合いもあったわけです。

しかしこの話を聞いたとき、私は別な考えを抱いてしまいました。呪うべき相手が荼毘に付された結果、行き場を失ってしまった呪詛はいったいどうなるのでしょう。あてどもなくさまよい、通り魔のごとく誰かに牙を剥くのか、それとも「人を呪わば穴二つ」という言葉のとおり、呪いを放った人間に刃を向けるのか。いずれにせよ、あまり宜しくない結末が待っている予感がします。もしかしたら、荼毘とは恐ろしいモノを野放しにしてしまう行為なのかもしれません。

本書では、そんな「野放しにしてはいけない恐怖」が四十九話収録されています。作者はいずれも巧者ぞろい。なんとか手綱をにぎり、読者の皆さんに噛みつかぬよう細心の注意をはらっておりますが、ふいに手が緩む瞬間がないとは言いきれません。目測を見誤り、皆さんが恐怖に近づきすぎてしまうかもしれません。どうかご自身が荼毘に付される事態などありませんよう、気をつけてこの先へお進みください。

読み終えたとき、あなたが無事であることを祈っております。

目次

様子を見る

竹岡さんは派遣会社に勤めている。派遣される側ではない。派遣元の責任者だ。

その日、竹岡さんはとある会社に向かっていた。新規に契約できた企業である。

そこに派遣した吉本さんという女性との面談が目的であった。

自分では解決できない事があり、今すぐ辞めたいという。

吉本さんは優秀な人材であり、そのような相談を受けたのは初めてである。

連絡を受けてから既に一週間経っていた。もう少し早く動くつもりだったが、別件のクレームが発生した為に対応が遅れてしまったのだ。

吉本さんはデータの入力作業中であった。普段と変わらぬ様子である。

まずは、その部署の責任者に挨拶し、それとなく状況を訊いた。良く働いてくれているとのことだ。

少し面談をしたいのでと断わりを入れ、竹岡さんは吉本さんを連れ出した。

休憩室のテーブルで向かい合って座ったのだが、吉本さんは俯いたまま何も話そうとしない。

竹岡さんに促され、ようやく口を開いた。

信じてはもらえないとは思うがと前置きし、吉本さんは話し始めた。

自分の机の前に窓がある。通りを挟んで隣のビルの七階部分が見える。テナント募集の看板が出ているが、借り手が見つからないらしい。

いつ見ても、フロアー全体が空っぽのままだ。時々、そこの窓に男性が立っている。俯いている為、はっきりとは分からないが、中年のサラリーマンのようだ。前頭部が禿げあがり、黒いスーツを着ている。

男性は特に何かするでもなく、ひたすら俯いている。

退社後や休日の様子までは分からないが、とりあえず勤務時間中はいつ見てもそこにいる。

ただそれだけの事なのに、苛つく気持ちをどうにも抑えられない。

いっそのこと、乗り込んでいって何をしているか問い質したいぐらいだ。

先週の月曜日のことだ。例によって男は立っていた。ふと、頭の中で『顔を上げろ、こっちを向け』と強く念じてみた。

思いが通じたかのように、男は顔を上げた。捉えどころの無い、ぼんやりした顔だ。

その時、目が合ってしまった。男の唇が動いている。何を言っているか分からない。

このまま見ているのは危険だと本能的に察したが、どうしても目が離せない。

じっと見つめているうち、何を言っているのか分かってきた。

男は、たった一言を繰り返していた。


飛び降りろ。


心なしか、吉本さんの声が震えている。竹岡さんは、反応が出来ずに黙り込んだ。

未だかつて受けた事の無い相談だ。話し終えた吉本さんも同じように黙り込む。

到底信じられないが、頭ごなしに否定もできない。精神的なものだとしたら、面倒な案件である。

いずれにせよ、即答はできない。長期休暇の手続きを取るにしても、急には無理だ。

代わりの人材を見つけ、仕事を覚えさせる手間を考えると、安易に了解はできないのだ。

竹岡さんが出した結論は、『とりあえず様子を見る』であった。

けれども、その結論をそのまま伝えるわけにもいかない。

吉本さんには、代わりを見つけるから、もう少し辛抱してくれと言い聞かせて仕事に戻らせた。

その二日後。

吉本さんは暮らしているマンションから飛び降りた。

連絡を受けた竹岡さんは、しばらく動けなかったという。

明らかに自分の判断ミスであった。妙な話に関係なく、精神的な疲れを察知するべきだったのだ。

とはいえ、いつまでも悔やんでばかりはいられない。吉本さんが抜けた穴は早急に埋める必要もある。

幸いにもと言っては何だが、派遣先の企業は契約を続行してくれた。

担当部署に顔を出した後、竹岡さんは吉本さんが使っていた机に向かった。

幾つか私物が残っているらしい。

引き出しの中には、ペンシルケースやハンドクリームなどが綺麗に整頓して置いてあった。

紙袋に片付けながら、竹岡さんはふと顔を上げた。

窓の向こうにビルが見える。がらんとしたフロアーの窓辺に人がいた。

黒いスーツの禿げ頭の男だ。その横に吉本さんが立っていた。

思わず悲鳴が出そうになり、竹岡さんは慌てて口を押さえた。

顔を背けたいのだが、何かの強い力に引っ張られて目が離せない。

吉本さんは、竹岡さんを睨みつけながら何事か言っている。隣の男の唇も同じ動きだ。


飛び降りろ。飛び降りろ。飛び降りろ。


二人は繰り返し、そう言っていた。

その後、竹岡さんは会社を辞めて実家に帰った。周りは畑しかない田舎の一軒家だ。

飛び降りようにも場所が無い。とりあえずここで、様子を見るそうだ。

戻らぬ仏像

野口さんから聞いた古い仏像の話。

野口さんの祖母は、自室に木製の仏像を飾っていた。柔らかに微笑む地蔵菩薩の仏像である。いわゆるお地蔵様だ。

祖母はこの仏像を大切にしており、他の家族が触れることすら許さなかった。

床の間に飾り、毎朝欠かさず花と食事を供え、お経をあげる。まめに磨き上げ、大切に崇め奉っていた。

ある日の夕餉《ゆうげ》の時だ。

これだけ大切にしているのだから、何か御利益とかあるかもね。

冗談混じりに野口さんがそう言うと、いつも穏やかな祖母は烈火のごとく怒った。

私利私欲のためにやっているのではないと声を荒らげる。

あまりの剣幕に家族は呆れ、それ以来仏像のことは話題に上らなくなった。

確かに御利益などは無かった。祖母は突然の病に倒れ、入院してしまったのである。

意識障害を起こして搬送された祖母は、昏睡状態が続いた。

当然、その間は誰も仏像の世話などしない。というか、それどころの話ではない。

病院通いが続く中、野口さんは妙なことに気づいた。

一旦帰宅し、祖母の部屋の前を通った時のことだ。中から妙な臭いが漏れていた。

何かが腐ったような臭いだ。

不審に思い、室内を覗き込んだ野口さんは、床の間の仏像と目が合った。

お地蔵様らしい柔らかな笑みを浮かべていたはずだが、今見ると何となく表情が硬いように思える。

気のせいと割り切り、臭いに集中する。嗅ぎながら祖母の部屋を探っていく。どうやら床の間からである。

再び、仏像と目が合った。またしても表情が変わっている。

口が薄らと開いている。あれ、さっきから開いていたっけ。うん、以前からそうだったと自分に言い聞かせ、野口さんは部屋を後にした。

背中を向けるのが怖くて、仏像を見つめたまま後退りしたという。

結局、祖母は十日後に息を引き取った。その頃には、仏像は明らかな別物になっていた。

柔らかな笑み、穏やかな眼差しなど微塵も見当たらない。どう見ても禍々しさしかない。

今や、野口家にとって仏像は日常生活の重石であった。加えて野口家を苦しめたのは、祖母の部屋から漂ってくる腐敗臭である。

もしかしたら、床下に野良猫か何かの死体があるのかもしれない。父親が調べてみたが、特に異常は見当たらない。

そうこうするうち、とうとう母親の具合が悪くなってしまった。原因不明の頭痛に襲われ、家事もままならない状態である。

被害は母親だけではなく、父親も野口さんも似たような症状に悩まされ始めた。

もうひとつある。全員が仏像の夢を見るのだ。夢の中で仏像は、背後に黒い靄《もや》をまとい、睨みつけてくる。

ここに来て一家の意見はまとまった。全ては、あいつのせいだ。そうとしか考えられない。

仮にそうだとするならば、大切に祀れば良いのだが、もう近づくのも目にするのも嫌で仕方ない。

相談の結果、祖母の墓がある寺に預けようという事に決まった。

事情を聴き、仏像を手に取った住職は、特に嫌な印象はないのだがと首を捻った。

「どうでしょう。いっそ、どこかの町内の地蔵尊に祀られては。その方が喜ばれるかもしれません」

それこそが唯一の解決案に思えた。野口さん一家は、その足で町内会長を訪ね、仏像を見せた。

幸いなことに会長は二つ返事で引き受けてくれ、こうして仏像の落ち着き先は決まった。

久しぶりに家族全員に笑顔が戻った。夕食は外で済ませ、帰宅。玄関を開けた途端、全員の笑顔が凍り付いた。

あの腐敗臭が、どっと溢れてきたのだ。呆然としながら奥へ進む。廊下も居間も台所も、臭いは家中に満ちている。

どういうことかと祖母の部屋に向かう。臭いは更に濃くなり、息をするのもやっとであった。

父親が思い切ってドアを開ける。臭いは激流となって襲ってきた。

全員が一斉に部屋を覗き込んだ。床の間に黒い靄があった。だが、仏像の背後にあった頃とは質が違う。

靄はその濃度を増していく。ゆらりと揺れる度に大きくなり、臭いも強くなる。

「お前たちは外に出ていろ」

父親は部屋に足を踏み入れながら、大声で言った。

野口さんと母親は、言われた通り外に逃げ、父親を待った。五分経ち、十分が経っても出て来ない。

警察に電話しかけた時、ようやく父親が出てきた。二人の側に立った父親は、唐突に笑った。

「しまった。仏像は抑えてくれていたんだ」

そこまで言って、父親は失神した。

奇しくも搬送先は、祖母が亡くなった病院であった。

父親の入院中、野口さんと母親は家に入ることもできず、しばらくは病室と車の中で暮らした。

仏像を返却してもらい、元通りの場所に置こうと試みた事もあるらしい。

だが、玄関を開けた途端、仏像は真っ二つに裂けたという。

幸いにも父親は一命を取り留めた。だが、記憶力が著しく低下し、退職せざるを得なくなった。

野口さん一家はアパートに引っ越し、細々と日々を過ごしている。

墓捨て

今から二年前のことだ。手塚さんは、飲み屋で知り合った早川から、墓に纏《まつ》わる質問を受けた。

以前、墓を移設した話をしたことがあるのだが、それを覚えていたらしい。

指定された居酒屋に行くと、早川は既に出来上がっていた。

乾杯もそこそこに、早川は話し出した。

早川は年老いた母親を故郷に残し、独りで暮らしている。その母親から永代供養を頼まれたという。

現在、早川家代々の墓は母親が管理しているのだが、生きているうちに墓じまいをしたいと言いだした。

「正直な話、面倒なんだよね。もう何年も帰ってないし、墓なんてどうでもいいんだけど」

母親の手前、知識だけでも仕入れておきたいのが分かる。

実に親不孝な話だが、人の良い手塚さんは知っている限りの知識を伝えた。

遺骨を持ってくるには埋葬証明書と、改葬先の受入証明書、改葬許可申請書が必要になる。

檀家をやめたり墓の引っ越しをするならば、それまでのお礼としてお布施を包むのが普通である。

大体、二十万円から三十万円が相場だが、百万円以上を請求する寺もある。

手続きと金策が上手く捗ったとしても、墓石を持ってくるだけではどうにもならない。

受け入れ先となる寺の了解を得なければならず、墓石が無ければ新たに設ける。

この費用が更に百万円以上になる事もある。

そこまで聞いた早川は、頭を抱えて文句を言い始めた。

「金、金、金。坊主ってのは、本当に金の亡者だな」

主だったところをざっくりと教え、手塚さんはその場を退散した。早川は、残ったビールを呷りながらしつこく文句を言っていた。

それから数ヶ月が経ち、話をしたことすら忘れかけていた頃、再び早川から連絡が入った。

大至急、会って話がしたいという。事情があって家から出られないので、すまないが自宅まで来て欲しいとのことであった。

何やら只事ではない様子に、手塚さんは時間を作って早川家を訪ねた。

聞いていた住所に辿り着いた手塚さんは、思わず立ち竦んだ。人が住んでいるとは思えない廃墟同然の外観であったからだ。

気を取り直し、玄関を叩いてみる。返事も無しに足音が近づいてきた。扉を開けたのは早川であった。

手塚さんは息を呑んで相手を見つめた。酷い有様である。どうやら左腕と右足を骨折しているようで、歩くのがやっとの状態である。

顔面も傷だらけだ。右目が白く濁り、右の耳たぶが半分欠けていた。

「こんな体だから、外を出歩けないんだ。とりあえず上がってくれ」

掠れ声で言い残し、早川は奥へと歩いていく。手塚さんは、その後に続いた。

居間らしき部屋に通される。ここも酷い。柱は裂け、壁はひび割れて、天井は今にも落ちそうである。

早川が、あらぬ方向を見ながら話し始めて、徐々に事情が分かってきた。

母親から頼まれた墓じまいは、結局やっていない。それなのに、墓じまいに必要だと言って、かなりの金を預かった。

それで終わりである。母親に見せるため、寺の了承も得ずに勝手に墓石と遺骨を持ちだしただけだ。

墓地自体は寺から離れていた為、それが可能だった。

自宅へ帰る途中、遺骨は砕いて撒き散らした。墓石はどこかの沼に捨てた。深くて濁りきった沼だから、絶対に見つからない。

手元には多額の現金だけが残ったわけだ。しばらくの間は飲んで食っての毎日だったのだが、おかしな事が起こり始めた。

家や家具が壊れていくのだ。ひび割れたり、裂けたり、崩れ落ちたり、状況は様々だが、とにかく無事な箇所はひとつもない。

そうこうしているうちに、墓石の夢ばかり見るようになった。

墓石から溢れ出した無数の手に、身体中を引き千切られるところで目を覚ます。

それが毎晩続いている。

これはもしかしたら、墓石の祟りかもしれない。そう思うしかない。だからといって、今さらどうしようもない。

お手上げである。そうこうするうち、今度は自分の体が壊れ始めた。骨が折れ、歯が欠け、耳が千切れ、目が見えなくなってきた。

全て痛みが無いことが怖くてたまらない。

医者は首を捻るばかりで、とりあえず入院しろとしか言わない。そもそも、医学とは関係ないから入院する気はない。

昨日、右足が折れ、歩けなくなった。その時点で、早川は手塚さんの顔を思いだしたのであった。

何とかしてくれないかと言って、早川は泣き出した。

いくら人が良い手塚さんでも、不可能な事はある。

手塚さんは詫びを言って逃げた。追いかけることもできず、早川は泣き続けていた。

静かな子

藤田さんの一人娘である愛奈ちゃんは、今年で十歳になる。

藤田家自慢の娘である。明るい性格で、人に優しく、見た目も可愛らしい。

その愛奈ちゃんの様子がおかしい。いつ見ても悲しげな顔で考え込んでいる。

理由を訊くと、その時だけは笑顔を作るのだが、無理をしているのは明らかだ。イジメではないかと夫に言われ、藤田さんは不安になった。

明るく優しく可愛い子でも、イジメの対象に成りうるだろう。むしろ、狙われやすいかもしれない。

藤田さんは愛奈ちゃんを優しく抱きしめながら、全てを話すように促した。

愛奈ちゃんは涙をこぼしながら、ようやく打ち明けてくれた。

残念ながら夫の予想通り、悲しげな顔の理由はイジメであった。

だが、よく聞いてみると、愛奈ちゃんがイジメられているわけではなかった。

最近、転校してきた女の子がイジメの被害者らしい。

愛奈ちゃんは何もできない自分を悔いていたのである。

藤田さんは愛奈ちゃんの優しさに瞳を潤ませながら、話の先を促した。

その子は登校してから下校するまで、一言も喋らないのだという。

授業中でも、ずっと下を向いて黙っている。隣の席だから、状況は手に取るように分かる。

皆が関わろうとしない。担任の先生は何か知っているらしく、授業でもその子だけ飛ばす。

そんなある日、誰かがふざけて頭に雑巾を乗せた。それが始まりであった。

雑巾は生渇きの状態であり、上半身が悪臭にまみれてしまった。

そんな状況でも、その子は文句が言えずに黙って俯いているだけなのだ。

どうにかしてあげたい、守ってあげなければ。でも、自分一人では何の力にもなれない。

そう言って愛奈ちゃんは涙をこぼした。

藤田さんは、もう一度愛奈ちゃんを抱きしめた。

「そう言えば名前は？」

「ムネチカアゲハちゃん」

藤田さんは違和感を覚えた。珍しい名前だからではない。

何故だか、その名前は知っている。それは確か——。

藤田さんの記憶の底から、ムネチカアゲハが浮かび上がってきた。自分が小学五年生の時だ。隣に座っていたあの子。

学校に来ても何も喋らず、いつも私をイライラさせていたあの子の名前だ。

一日中ずっと俯いたままで、からかうとポロポロ泣いて。鼻水を垂らしたから、雑巾で拭いてやった。

雑巾が汚れるわなどと、酷い事を言った。泣くのが面白くてやめられなくなっていた。

顔に落書きもした。太腿に安全ピンを刺した覚えもある。髪の毛を滅茶苦茶に切った時は、身体を震わせて泣いていた。

記憶が一気に蘇り、藤田さんは思わず呻いてしまった。

偶然の一致だ。そうに決まっている。怪訝そうな顔で見つめる愛奈ちゃんに、その子の容姿を訊いた。

「なんか油でも塗ってるようなベタベタした長い髪なの。目が細い。眉毛は薄いから無いように見える。すごくやせてる」

同じだ。あの時のアゲハと同じ。もしかしたら左手に火傷《やけど》の痕が。

「それとね、左手に火傷の痕があるの」

そんな筈はない。偶然。偶然の一致。だってあの子は自殺したんだもの。生きていたとしても、私と同い年。

絶対に有りえない。

とにかく今は、愛奈を助けなければ。そう決めた矢先、藤田さんは愛奈ちゃんの担任から呼び出された。

担任は沈痛な面持ちで言った。

「ええとですね、愛奈さんの様子がおかしくてですね。御家庭で何かお心当たりがないかと」

藤田さんは話を聞いて驚いた。

愛奈ちゃんは学校にいる間、一言も喋らないというのだ。

じっと俯いたまま、身じろぎもしない。それだけではない。

軽い自傷行為が見受けられるという。顔に落書きをした時は笑いごとで済んだのだが、昨日は太腿に安全ピンを突き刺してしまった。

藤田さんはまともに会話ができなかった。ようやく訊けたのは、ムネチカアゲハのことだけである。

「そんな名前の子はいませんが。そもそも、今年に入ってから転校してきた子はいませんよ」

担任は学年全部の連絡網を見せてくれたが、確かに言う通りであった。

藤田さんは、うなだれて面談室を出た。隣は理科室である。薄暗い教室の中に女の子がいた。顔が見えないぐらい俯いて座っている。

けれども、それが誰か藤田さんには分かった。ムネチカアゲハだ。

そこから玄関までの全ての教室にアゲハが座っていた。

既に帰宅していた愛奈ちゃんを座らせ、藤田さんは学校であった事を話した。

愛奈ちゃんは俯いて黙ったままだ。スカートから覗く太腿には、確かに刺し傷がある。

結局、愛奈ちゃんは何も喋らなかった。それのみならず、学校でも家でも一言も話さなくなった。

それでも学校には行く。行って、自らを傷つけて帰ってくる。部屋に閉じ込めたいのだが、自殺しそうで怖いのだという。

ここ最近、藤田さんは愛奈ちゃんの声を聞いたことがない。

安らかに眠る

幼い頃、山下さんは祖父の家が大好きだった。祖父の家は代々続く大地主で、蔵の中は見たこともない骨董品で溢れていた。

どれも皆、幼い少年の心を鷲掴《わしづか》みにするものばかりである。

様々な古民具や茶器、掛け軸や絵画、戦国武将の鎧兜《よろいかぶと》まであった。

中には高額なものもあったが、どのような逸品でも触り放題だったという。

山下さんが特に好きだったのが、古民具である。使い方が想像できないものばかりだ。時が経つのも忘れ、あれやこれや捻くりまわす。

蔵は大きく、夏休み中ずっと遊んでいられた。

その日も例によって、朝から蔵の中に潜り込んでいた山下さんは、木製の大きな円筒を見つけた。

何かの入れ物のようだが、厳重に紐が掛けられており、中身が分からない。

帽子を入れる箱にも見えるが、それにしては立派すぎる。

筒の横に何やら崩し字が書かれている。子どもには読めそうにない達筆だ。蓋にも何か書いてある。辛うじて「首」と読めた。

持ちあげようとして驚いた。ずしっと来る重さだ。頑張って振ってみる。何か大きなものが入っているようだ。

俄然《がぜん》、気になってきた。山下さんは苦労して紐を解き始めた。かなり絞めつけられていたが、どうにか解けそうだ。

十分以上格闘し、ようやく紐が解けた。

さて、筒の中身はなんだろう。胸をときめかせながら蓋を開ける。

その途端、何かが飛び出した。真っ黒で素早い何かは、あっという間に消えてしまった。

残ったのは空っぽの筒だけである。中は独特な臭いが漂う。これは一体なんなのか。

山下さんは散々頭を悩ませ、もう一度覗いた。

その瞬間である。山下さんは、この筒を被りたくて仕方なくなってきた。

臭い筒をかぶって何が楽しいんだと自分に言い聞かせたが、どうしても我慢できない。

持ち上げると、先程と違って軽い。頭からすっぽりと被る。

しばらくすると、目の前に青空が見えてきた。

誰かの声も聞こえてくる。何を言っているのか分からないが、かなり怒っているのは確かである。

これは面白いものを見つけた。山下さんは、その不思議な筒で随分遊んだという。

それが首桶と呼ばれ、戦国武将の生首を入れていたものだと分かったのは、中学生になってからであった。

今現在、首桶は山下さんの部屋に置いてある。寝る前には必ず被るようにしている。

そうすると、死んだように眠れるそうだ。

親代わり

幸司さんが学生時代何度か飲み会で会ったことのある男で、名前は忘れてしまったらしいが仮にスズキとしておく。

そのスズキが語っていたそうだが、父親が何年か前に亡くなって、自宅で家族だけの小さな葬式を出したときのこと。その晩知らない女の人が家を訪ねてきた。かなり年配の人で訛《なま》りもきつかったが、どうやら父親が幼い頃に親代わりにいろいろと面倒をみてもらった人らしいとわかった。

だがスズキの家は父親の親戚とはまったくつきあいが途絶えていて、亡くなったことも伝えていなかった。どこで知ったのかと訊ねるとその人は「夢にカズさんが出てきて教えてくれた」ということを語った。カズさんというのは父親の名前だ。

不思議なことがあるものだと思って驚いていると、仏に線香をあげたその人はすぐに帰ろうとした。「今から帰るのは大変でしょうから、狭くて申し訳ないが泊まっていって下さい」と引き止めたのだが、近くに知り合いがいるからと断ってその人は行ってしまった。

そのときになって初めて、女の人の名前を一家の誰も訊いていなかったことに気づいたそうだ。

父親の家庭環境が複雑だったことは知っていて、親代わりの人がいるのは納得できるが、具体的に父親の口からそういう話や名前が出たこともなかった。

額に大きなほくろのある、小柄で腰の曲がった八十歳くらいの女性だったという。


それから半年ほど後にスズキは内臓の疾患で二週間の予定で入院することになった。

ある日検査から帰ってくるとナースステーション前で呼び止められ、

「今お見舞いに来た年配の女性がいて、これを預かりましたよ」

そう言って看護師が有名な洋菓子店の包装紙の、妙に重たい箱を手渡してきた。

「お名前はごめんなさい、ちゃんと聞き取れなかったけどたしかクライさんかクラキさんだと……」

そのどちらの名もスズキは心当たりがなかったので、看護師にくわしく外見の特徴を訊いたところ「額に大きなほくろがあって小柄で、腰が曲がった優しそうなお婆さん」と語ったので、スズキは父親の葬式の晩に訪れた女の人を思い出した。

病室にもどってさっそく包みを開けてみると、中身は洋菓子ではなく箱いっぱいにただぎっしりと黒土が詰め込まれていた。

スズキはわけがわからずただ気味が悪かったので、家に電話して母親に事情を話して呼び出すと、その箱の処分を頼んだという。母親は土を自宅近くの河川敷に捨てて、箱は帰り道のコンビニのゴミ箱に捨てたらしい。

「土を捨てたとき何か白いかけらみたいなのが混じってた気がするけど、怖いからちゃんと見なかったよ」

後日母親はそのように語っていたそうだ。


女の人が〈お見舞い〉に来た翌日、スズキは病院の階段で突然ふらついて転倒し右腕と肋骨を骨折する怪我を負った。

そのとき看護師が駆けつけるより早く彼の横に立って覗き込んでいる人がいることに、痛みに悶えながらスズキは気がついていた。

それはたしかにあの晩家を訪ねてきた年配の女性だったという。女性は苦しんでいるスズキをにこやかに見下ろして何かを振りかけるような身振りをした。それが顔に当たって冷たさを感じ、なぜか彼は「殺される」と思って痛みに耐えながらその場から這って逃げようとしたらしい。

まもなく看護師たちが駆けつけたときには女性はいなくなっていて、スズキ以外は誰もその姿を見ていないようだった。

ただし救助されたときなぜか彼の顔から胸にかけては、まるで浴びたように多量の土が掛かっていた。

それからも入院中、朝目覚めると布団が土まみれになっていることが時々あったという。誰かのいたずらにしても、相部屋の入院患者や看護師など誰も侵入者を見ていないし、監視カメラを調べても怪しい者は映っていなかったのだ。

母親に土のことを話すととても気味悪がって、父親の子供時代を知る人に連絡を取ってくれたようだが〈親代わり〉の女性については何もわからなかったそうだ。

「そもそも父親を育てた女性がなんでおれの所に現れるのかわかんないし、やっていることもまったく意味不明でしょ？　でもなんとなくおれが死んだら葬式の日にやっぱりあの婆さんが家を訪ねてくるような気がするんだよね」

　そう語ったスズキは「今でも朝起きるとたまに家の布団に土が掛かってるときがあるよ」と苦笑していたという話である。

焼けた家

十二、三年前に東京で大学に通っていた頃のことだという。

慈彦さんが路線バスに乗っていたら、隣に座ったお婆さんが話しかけてきた。

「見てごらんなさい、あそこに焼けた家があるでしょ?」

お婆さんはいきなり窓の外を指さしてそう言った。見れば少し斜面になった住宅街の一角に、黒くなった柱をむき出しにした半分だけ焼け残ったようになっている状態の二階家があった。

「あれはね、もう三度目なんですよ」

お婆さんは内緒話のように声をひそめた。

「建て直しても建て直しても火事で焼けてしまうんです。毎回原因不明でね、あそこは頭の呆けた爺さんと出戻りの娘の二人暮らしなんだけど、毎回責任のなすりつけあいですよ。爺さんのせいだ、娘のせいだって。だけどそういうことじゃないって、あたしたちはみんなわかってるんですよ。わかってないのはあの親子だけ。だってあなた、夜になったらあの家の前を歩いてごらんなさい、びっくりしますよ。あそこの庭には立派な椿《つばき》の木があって、それはなぜかいつも火事で焼けずに残るんだけど、その木を見てごらんなさい。枝からこんなふうに、ゆらゆらーって、腕が飛び出しているから。そうなの、あそこの椿はおかしいんですよ、青白い女の腕が生えてててね、その腕がにゅーっとのびて家の壁をこうやって撫でているの。そんなの見たらもう生きた心地しませんよ。そんな家だから何度も火事で焼けるんだってすっかり納得できますからね。だからこんど夜遅くにでもね、ちょっと怖いだろうけどあなたもまだお若いんだから勇気を出してね、あの家の前に行ってごらんなさい。あんな家めったにありませんよ、わたしもずいぶん長く生きてるけど、あんなの今まで他に見たことないもの」

一方的に話し続けていたお婆さんは、停留所でバスが止まるとすっと席を立ち上がってそのまますたすたと歩いて降りてしまった。

翌日の晩、なんとなく好奇心が湧いた慈彦さんは自転車に乗って昨日の焼けた家を探してみた。

見つけ出した家の前に立ってみると、お婆さんの話では庭に椿の木があるはずだが、庭は狭いしそもそも木など一本も植わっていないようで、火事で焼けたような木の痕跡さえ見当たらなかった。

どうやら婆さんの法螺《ほら》話だったのかな、そう思って帰ろうとした慈彦さんはふと視線を感じて周囲を見回した。

すると道を挟んで斜め向かいの家の窓から人の顔が覗いていたという。

二階の、玄関ドアの並びにある窓からかすかに明かりが漏れていて、そこからガラス越しにこちらに視線を向けている人がいたのだ。

男の顔だな、と思ったきりしばらく慈彦さんはじっとその顔を見つめ返した。むこうの視線もかなり不躾《ぶしつけ》だったが、なぜか慈彦さんは睨《にら》み合っているという意識はなくただぼんやりとその顔を凝視し続けたらしい。

そしてようやく「あ、おれの顔だ」と気がついたそうだ。

慈彦さんと鏡のように瓜二つの若い男の顔が、無表情に家の中からこちらを窺《うかが》っているのだ。

そう気がついたとたんに顔はすっと奥へ引っ込んで窓から消えた。

おそるおそる慈彦さんが家に近づいてみると漏れていた明かりもすでになく、窓の内側は真っ暗で玄関からは表札が外されていたので、どうやら空き家のようだとわかった。

そこでようやく背筋に寒気をおぼえた慈彦さんは焼けた家のことなど最早どうでもよくなり、あわてて自転車に跨《またが》ると夜道を飛ばして家に帰ったという。

後日火事の家は解体され跡地は時間貸しの駐車場になったようだが、バスの窓から見ただけなので詳細はわからない。近くには二度と行く気がしなかったとのことである。

血の顔

大学講師の洋三さんが若い頃遊んでいた年下の友人でタケミという人がいた。

タケミは親が金持ちで家賃収入だけで暮らせる身分だったが、道楽のように商売を始めては潰すということをくり返しており、洋三さんが親しかった頃は親の所有するビルの中でおしゃれなカフェを経営していた。

そのカフェの常連客だった主婦とタケミはつきあっていたらしい。

主婦と言ってもタケミより若くて二十歳そこそこだったその女性はDV気質の夫との生活に悩み、それを相談しているうちにタケミと親密な仲になったようだ。彼としてはただの遊びのつもりだったし、女性も夫と別れる気はないようで、そのままだらだらと関係が続いていくかに思われた。

ところがある晩タケミが店じまいして後片づけをしていると、その女性が突然店にやってきた。

頭から出血しているようで顔が血まみれになっており、驚いたタケミは救急車を呼ぼうとしたが女性はそれを断ると「洗面所で顔を洗わせて。そしたらすぐに帰るから」と言って奥へどんどん進んでいってしまった。

タケミは呆然としている従業員たちを先に帰して、トイレの中を窺ってみたという。だが洗面所に彼女はおらず、個室のドアが閉まっていた。

「大丈夫?　やっぱり救急車呼んだほうがいいんじゃない?」

そうタケミが声をかけると中からは「うん」とも「ううん」ともつかない返事がかえってきた。それが別人のようにしわがれた声だったのでますます心配になり、やはり救急車を呼ぼうかと携帯を手にしたときドアがすっと音もなく開いた。

誰もいない……⁉

一瞬そう思ったが、便器と壁の隙間に挟まるようにして女性がうずくまっているのが目に入ったという。

よくそんなところへ入り込んだと思うような狭い場所で女性はじっと動かず、タケミが声を掛けても反応しない。肩に手を触れたところ氷のように冷たかった。

驚いて思わず手を引っ込めると、

「タケミくんあたし寂しい」

女性の声がそう聞こえたが、目の前でうずくまる背中ではなくどこかトイレの中にスピーカーがあって、そこから声が流れたような妙な聞こえ方だったらしい。

はっと気がつくとタケミは誰もいないトイレの中にぽつんと立っていた。

後にわかったのだが、タケミの店に血まみれの女性が現れたのとちょうど同じ頃、女性は夫にいつもにも増して激しい暴力を振るわれ自宅のリビングに血まみれの状態で倒れていた。

だが意識不明のまま放置された彼女は当然部屋を出ることなどできず、そのまま明け方前に亡くなったそうだ。

遺体は夫が知人に依頼して処理させ「妻は家出した」と周囲に話していたらしいが、その知人が飲み屋で秘密を漏らしたことから事件が発覚したのである。

当時新聞にも載った事件なので細部はぼやかしているが、およそこのような経験を「最近あったこと」としてタケミは洋三さんに話したそうだ。

「夫が逮捕される前後も何度か女性はタケミのところに来たって言ってた。だけど最初のときと違って他の人には姿が見えなくて、タケミだけが血まみれの女性にじっと何か訴えるような目で見つめられて、声かけようとすると消えたって言ってたね。こりゃきっと彼女の身に何かあったんだって確信してたけど、なにしろ不倫の相手だからそれ以上探ることもできなくて最後は新聞で知ったんだって」

タケミはその後親が破産して生活が一変し、いろいろと怪しい事業に手を出した挙句に老人相手の詐欺事件にかかわって逮捕され有罪になった。収監されもう出所もしているはずだが、今はどこで何をしているか洋三さんにもわからないという。

みくすけ

平成の初め頃、諒子さんは後に結婚する男性と都内のアパートで同棲していた。

そのアパートのまわりは建物が密集していて、とくに真裏にある家からは家族の会話がかなり細かいところまで聞き取れるほどだったという。

その家には小学校低学年くらいの男の子がいた。その子がある晩、学校での出来事を親に話す声が聞こえてきた。

「それでね、みくすけが出てきたんだよ」

放課後に校庭の隅の花壇周辺で遊んでいた話をしていた男の子は、唐突にそんなことを言った。

「なんだその、みくすけって」

父親らしい声が訊き返した。

「えーとね、土を掘ってたんだよ。ミキちゃんが手で掘ってたの、そしたらぴゅって水が出てきたの。だからコウちゃんが先生呼んでこようって言って」

「呼んできたのか」

「ううん。先生に見せたら怒られちゃうよってミキちゃんが言ったから、やめたの」

「で、みくすけって何なんだ」

「ミキちゃんが手で土を掘ったの」

「それはわかったから、みくすけのことを教えてくれよ」

「ミキちゃんが……」

「ミキちゃんのことはもういいから」

親子の会話を聞きながら、諒子さんは思わず笑ってしまった。

「漫才みたいだよね」

そう彼氏と話していたら、裏の家の会話に母親らしき声も加わった。

「みくすけ？　学校で飼ってる動物の名前かしら」

「ちがうよ！　ミキちゃんが土掘ってたから、みくすけが出てきたの」

「うさぎのお墓でもあったんだろ」

「お墓はそんなところにないもん」

「じゃあ何のことだよ、みくすけって」

「うーん、お腹空いた！」

「カレーあんなにおかわりしたじゃないの」

「アイス食べていい？」

「おい、みくすけはどうなったんだよ」

「だってアイス食べたいんだもん」

「みくすけの話したら食べてもいいぞ」

「ほんとに？」

「パパ嘘ついたことないだろ？」

「嘘つき！　パパしょっちゅう嘘つくもん！」

「つくよねー」

「ねー」

「おいおい、そんなことはいいから花壇の土をミキちゃんが掘ったんだろ？」

「うん」

「そしたら土の中から、みくすけが出てきたんだろ？」

「ちがうよ」

「あらちがうの？」

「みくすけはね、口から出たんだってば」

「えっ誰の口だよ」

「ミキちゃんの」

「どういうこと？　ミキちゃん大丈夫なの？　具合悪くなったりしてない？」

「それで、みくすけはどこに行ったんだ？」

「ここにいるの」

「ここってどこだい」

「みくすけはね、引っ越したんだって」

「だから、どこに」

「ぼくのお口だってば」


そこで会話はふいに途切れ、裏の家はいきなり静まり返った。

会話の背後にかすかに聞こえていたテレビの音声も同時に消えてしまっている。

諒子さんと彼氏は顔を見合わせ、部屋の窓を開けて耳を澄ませた。

だが、しんとした空気の中で聞こえてくるのは遠くの国道を走るバイクのエンジン音だけだった。時刻はいつのまにか午前二時を回っていた。

小学生の子供が元気にお喋りしているような時間ではない。

数日後、近所の公園に裏の親子三人がいるところを諒子さんは見かけた。

一家は買い物帰りらしくスーパーの袋を提げていたが、なぜか三人とも服が泥遊びをした後のように汚れていて、ブランコのまわりの柵を背にしてじっと会話もなく並んでいたそうだ。

親子の姿はその後も何度か近所で見かけたはずだが、あの晩以後、諒子さんたちが引っ越すまでの一年余り、真裏の家から話し声が聞こえてくることはなぜか一度もなかったそうである。

タクシー

十年以上前の初夏のことだという。

美雪さんはめったにタクシーに乗らないが、ある晩仕事の後ちょっと一杯やっていくつもりがうっかり終電を逃し、しかたなく数年ぶりにタクシーを利用した。

無口な運転手だったので美雪さんも黙って携帯をいじりながらやがてうとうとし始めたが、友達からメールが来たので見るとどうやらその子も飲み会の後終電を逃し、現在タクシーに乗っているようだ。

お互いに今どのあたりを走っているか報告し合い、意外と近くにいることがわかると、

〈どこかでばったり鉢合わせるかもね〉

〈そしたらもったいないからどっちかが移動して車を一本化しよう〉

などと冗談でメールし合ったという。

友達と美雪さんは家が近所とまではいかないが、途中かなりルートが重なるので鉢

合わせの可能性はたしかにゼロではなかった。

ちょっと楽しい気分になって窓の外を窺い、たまに他のタクシーが視界に入るとじっと目を凝らしたが、中に誰が乗っているかまではやはり確認できない。

やがて友達からは一足早く〈うちに着いたよ〉というメールが入った。

美雪さんは窓の外に目をやった。時間的に彼女もそろそろ自宅が近いはずだが、街道沿いの建物が妙に暗く並ぶばかりでどの辺りを走っているのか手がかりがなかった。

運転手には自宅マンションの少し手前にある交差点名を告げているので、見当違いのところを走っていることはないはず。そう思ってしばらく外を眺めていたが、景色が全然変化しないのも奇妙な感じで、だんだん美雪さんは不安になってきた。

だが無口な運転手に声をかけるのもちょっと気後れして、彼女は友達にメールで〈なんか外の景色が変。どこ走ってるのかわからないよ〉と送信したという。

だがさっきまでほとんど間も置かずやりとりしていた友達からは返信がなかった。帰宅してシャワーでも浴びているのかもしれない。

窓の風景はただ暗いだけでなく、道の両側の建物が高くそびえて谷底を走っているような気分になってきた。こんな場所は職場と自宅の間にはなかったはずだ。

「今どの辺りですかね？　S交差点、もうそろそろですよね」

とうとう美雪さんはそう運転手に声をかけた。

「×××の××を過ぎて××、あと××ちょっとで××も×××××ね」

運転手の返事はなめらかで聞き取りやすい声だった。ところがなぜか美雪さんの頭にはその言葉の意味がほとんど入ってこず、知らない外国語を聞いているようだったという。

訊き返す気にもなれず黙っていると、タクシーはいっそう暗い道を進んでやがて交差点の手前で止まった。

赤信号なのかと思ったが、見れば信号機はどの色のランプも消えていて停電のように真っ暗だった。

それに交差点名が書かれているはずの標識もどういうわけか空白だ。だが周囲の地形などから判断して美雪さんはここが家の近所のS交差点らしいことに気がついた。

そこでようやく友達からメールの返信が来たが、開くと文字化けだらけでまったく何が書いてあるかわからなかったという。

途方に暮れていると、

「×××に×××××か？」

運転手が顔を少しこちらに向けて何か言った。たぶん車を停める場所を訊いているのだろう。

「この先のバス停のところで降ろしてください！」

美雪さんは慌ててそう告げた。それからすぐに車は動き出し、街灯の光さえない妙にだだっ広く感じられる交差点をよこぎると、ほどなく速度を落とした。

料金を払って美雪さんが恐る恐る車を降りると、そこには見慣れた自宅マンション前の景色があった。

道の向かい側にあるコンビニからは煌々《こうこう》と明かりが漏れているし、振り向けばS交差点も普段どおり信号がともって街灯にも照らされていて、何も変わったところはないように見えたのだ。

タクシーの中で居眠りして見ていた夢だったのでは？　そう美雪さんは思いたくなるほどだったが友達とのメールのやりとりが残っているので、確かに現実なのだろう。

そう思って友達からの最後のメールを開くと、文字化けしていたはずの文面が今度はちゃんとすべて表示された。

〈じごくへいくんじゃない？〉

メールには短くただそれだけが書いてあった。

翌日友達に確認するとそんなメールを彼女は送っておらず、〈うちに着いたよ〉というメールを送信した後すぐベッドに倒れるように横たわって、そのまま朝までぐっすり眠っていたそうだ。

大石様

これは熊本のとある山間部の村に伝わる巷説《こうせつ》である。

この話をしてくれたYさんによると、そこにはひとつの石が祀られていたらしい。

石と言ってもかなりの大きさで、大人が数人がかりでも動かせないほどで、石というよりは巨岩と呼ぶにふさわしい様相であるという。

「でも、そこに住んでいる人たちは皆、大石様とか石碑様って呼ぶんだよね」


そもそもこのひとつの石、大石様が祀られ始めたのはかなり昔にさかのぼる。

山間に段々畑のようにして沢山《たくさん》の耕地が広がる村……現在はいくつもの村や町が合併し、ひとつの市となっているこの場所は、古くから農業が盛んであった。

蜜柑《みかん》の木を育て、田畑を耕しては野菜や米、それに芋なども生産していたらしい。

ある時、村に深刻な干ばつが訪れた。

雨の降らない日が続き、農作物も枯れ果てもはやこれまでかという時に、山の頂《いただき》から大きな石が落下してきたそうだ。

その瞬間、今まで晴れ渡っていた空に分厚い雲が立ち込め、乾ききっていた村の畑に恵みの雨をもたらした。村の人たちはこの雨に深く感謝し、雨を運んできたように現れた石を崇めその場所に祀った。


いつしか大石様の前には広場が設けられ、隣には小さな観世音菩薩様の像が置かれた。Yさんが子供のころ、この場所には奇妙な風習があった。

どのようにして始まったのかわからないが、観世音菩薩様の像の前にはたくさんの飴玉が供えられるようになった。ひとつひとつ丁寧に和紙にくるまれたもので、貰って舐めるととても甘い味がしたそうだ。

「この飴を貰うのには決まりがあってね」

Yさん曰く、観世音菩薩様の像から飴を貰う時には『おんあろりきやそわか』と三回唱え手を合わせてから頂く、というしきたりがあったらしい。

なぜそうした決まりが出来たのかも、誰が大石様の横に観音菩薩像を設置して飴玉を置き続けていたのかもわからないという。

ある日、大石様の前を通ったひとりの男の子が、ちょっとしたいたずら心から呪文を唱えずに飴玉をごっそりとつかみ取った。

口に含んだそれは大層苦く、男の子はびっくりして大石様に向かってその飴を吐き出してしまったという。

その後、家に帰った男の子の具合が急に悪くなった。事の次第を知った男の子の両親は、大石様の祟りを恐れ、一生懸命にお参りをして石を清めた。しかしある夜、その男の子は就寝中に容態が急変し死亡してしまった。

村は大騒ぎになったが、人々を震え上がらせたのはその子供の死因であったという。

彼は自室の布団のなかで、ずぶ濡れで死んでいたのだ。

雨を司る大石様の祟りだと村は大騒ぎになり、話は大石様の存在そのものにまで及んだらしい。

「村の中には、こんな危険な石は即刻祀るのをやめるべきだっていう意見もいっぱい出たらしいんだけど」

大石様を撤去するべきだという意見が出てから、何日も雨の降らない日が続いた。日照りが二週間を過ぎるころには、大石様を悪く言う声も次第に小さくなっていったという。

そこで村の宮司が改めて大石様に祈祷を行うと、真っ青な空に雲が垂れこめ、ポツポツと雨が降り出した。

それっきり、村では大石様を失くしてしまおうという意見は出なくなった。

「一度祀ってしまったものは、簡単に下ろすことは出来ない」

宮司の言葉に、誰も反論することが出来なかった。

ただ、大石様の周囲にはぐるりと柵が張り巡らされ、たとえ村人であろうと容易に近づけないようになったらしい。

今でも近くの子供たちは朝には大石様の前でラジオ体操をして、観世音菩薩像の前で呪文を唱え飴玉を貰っていく。

最近は、布団のなかで溺れて死んだ男の子のことは、語られなくなったそうだ。

手を洗う音

会社員の吾妻さんは数年前、心臓の手術を受けた。

当時吾妻さんは仕事で請け負っていた工事の責任者であったが、その工事で事故が発生し、日夜ストレスに悩まされていたのだという。

そんな時、急性の不安定狭心症という病気を発症して倒れ、病院に搬送された。

九時間に及ぶ大手術は無事に成功して、吾妻さんは集中治療室へと移された。

どれほど時間が経過したかはわからないが、全身麻酔が抜けてきた吾妻さんが目を覚ますと自分の身体には様々な管が差し込まれており、まだほとんど身動きは出来なかった。

たしか手術終了の予定時刻は夕方六時だから、今はきっと夜だな。見慣れない天井をぼんやり見つめながら、そんなことを思ったりもした。

なんとか動く目で辺りを見回した。自分のすぐ横に点滴台が置かれそこには沢山の点滴用の薬が吊るされている。

手術は成功したのかな……。まだ朦朧《もうろう》とした頭の中で、吾妻さんは思った。

ふと、治療室に妙な音がすることに気が付いた。

周囲には酸素マスクの機械や、様々な器具が置かれている。しかし、吾妻さんの耳に届く音は、そうした機械が立てる無機質な音ではない。

水音である。

どこかで水が流れている。その水を攪拌《かくはん》する、何かが擦れる音。

「うまく表現出来ないんだけど、ゴム手袋をつけた手を洗っているような音だったな」

吾妻さんは音の出所を探るべく、周囲へ視線をめぐらせた。

すると自分の寝かされているベッドの右足の方向のずっと奥に、洗面台を見つけた。

しかし、そこには誰もいない。

水も流れていなかった。

それなのに、執拗に手を洗い続ける音が吾妻さんの耳に入り込んで来る。

聴こえるはずのない音の不気味さに、吾妻さんの全身が強張《こわば》った。

少しでも音から離れるべく懸命に身体を動かそうと試みるが、麻酔の残る身体は容易に動かない。

手術したばかりの心臓が、激しく波打つような感覚。まるで身体の中で心臓だけがせりあがってくるような胸苦しさに捕らわれた。

何度も思い通りに動かせない身をよじると、ふと指先に冷たい感覚が触れた。ベッドの転落防止用の柵に、吾妻さんの指が当たったのである。

わずかに動く指先で、必死に柵を叩いた。すると、少しして音に気付いた看護師の中年女性が吾妻さんのいる集中治療室に入ってきた。

「吾妻さん、どうかされましたか？」

首を傾げた看護師が明るい声で話しかけてくる。水音は未だに響き続けていたが、看護師は洗面台を見ることもなかった。

吾妻さんはなんとか動く右手の人差し指で、やってきた看護師に何度も洗面台を指差して見せた。吾妻さんの様子を見た看護師が洗面台のほうへ顔を向けた。

少しの間を置いて、再び看護師が吾妻さんに向き直る。口には微笑みを浮かべていたが、目は笑っていないように思えた。

「大丈夫ですよ。誰もいないし、何も聞こえませんよ」

優しい声でそう言うと、看護師が点滴台に吊るされた薬に手を伸ばした。

すると、吾妻さんの意識が薄れ、人工的な眠りの中に沈んでいった。


「点滴で使われる、静脈麻酔薬ってやつだと思うんだけど」

吾妻さんが再び目覚めたときには、奇妙な水音は止んでいたらしい。

術後の経過も良好で、一か月後には吾妻さんは無事退院し、今では元気に日常生活を送っている。

一通り話を終えたあと、吾妻さんは顔をしかめて言った。

「あの時は麻酔のせいで喋れなかったから、洗面台を指差しただけなんだよ。それなのにあの看護師は『誰もいないし、何も聞こえない』って言った。なんで看護師には、俺に何か聞こえていたってわかったんだろう」

吾妻さんは手を洗うとき、未だに集中治療室で聞いた水音を思い出すのだという。

汚れた手紙

その日、いつも通りに配達の準備をしていた郵便局員のKさんは一通の手紙が気になっていた。

手紙はどす黒いものでひどく汚れているうえに、差出人の住所も名前も書かれていない。

こういう汚れた手紙は、そのまま普通に配ってしまうとあとでクレームになりかねない。

Kさんが上司に相談したところ、受取人である正木さんと書かれた人の家に赴き、手渡しで手紙が最初から汚れていた旨を伝えるようにと言われたらしい。

もしも家人が不在のようなら、仕方がないのでポストに入れてきてもいいという。

怒られるのが嫌だったKさんは、どうか宛先に書かれた家に誰もいませんようにと願いながら配達に行った。

配達先は古ぼけた木造アパートの一室である。

入り口に集合ポストはなく、各部屋のドアポストに直接配達するタイプのアパートだった。配達先は二〇二号室で、Kさんは現地についてもなお住人が留守だといいなあと思っていた。

階段をあがり二〇一号室の前を通り、二〇二号室に向かう。

部屋のドアポストには大量の新聞やチラシが、これでもかと無造作に突っ込んであった。

すぐ横にはキッチンと思しき窓があり、曇りガラスがはめ込まれている。その内側に、動くものは見当たらない。夕暮れの食事時であったが、部屋の中から夕餉の支度などをするような音も聞こえてこなかった。

――やった、これはいないのかもしれないな。

Kさんは受取人が不在であることを期待して、ほこりをかぶったチャイムを鳴らした。

アパートが古いせいか、濁って割れたような嫌な音が鳴り響く。

そのとき、Kさんは曇りガラスの向こう側でかすかに影が動いたことに気が付いた。

分厚いもやをかけたようなガラスの奥がはっきりと見えたわけではないが、黒い影がぞわりと動いたのだ。その影は、ガラスの前に張り付いているようであったという。ほったらかしの新聞やチラシに、ほこりをかぶったチャイム。そして窓に張り付いた気味の悪い影……。

面倒な人なのかもしれないな、とKさんは内心びくびくしながら声をかけた。

「正木さん、いらっしゃいませんかー？」

返事はない。

窓ガラスに映る影は、その場から動こうともしなかった。

もう一度声をかけようとして、大きく息を吸う。不意に生ものが腐ったような嫌な臭いが鼻腔《びこう》に入り込んできて、Kさんは眉をしかめた。

「正木さーん、郵便物についてお伝えしたいことがあります。いらっしゃいませんかー？」

再度声をかけても返事はない。

このままドアポストに手紙を差し込んで帰ってもいいが、あとから家にいたのに直接届けなかったとクレームを入れられても困る。

この仕事を続けていると、配達員が声をかけたのに出てこない受取人は一定数いるのだそうだ。そうした人は、配達員を無視したにも関わらず、あとからそういうクレームをつける人間が多いらしい。

今回もそういった手合いの人なのかと思いつつ、Kさんはドアをノックした。

「正木さーん、いないんですかー?」

すぐ横の窓辺にいるのに、どうして出てこないのだろう。

苛立ったKさんは、少し強めにドアを叩いてみた。

その瞬間、窓の向こうの影が一瞬にして消えた。

いや、正確には無数の細かい影に変わった。

そして新聞やチラシの詰まったドアポストの隙間から、部屋の中の音が漏れ聞こえてきた。

ブブブッ、ブブブブブブブブッ……。

けたたましく鳴り響く、怖気立つような不快な無数の羽音。

曇りガラスに映っていたのは人影などではなく、びっしりとガラス一面に張り付いた数え切れないほどのハエだった。

Ｋさんは背筋が凍り、ドアポストの溜まった新聞の間に手紙をつっこむと急いでその場を逃げ出した。

冷や汗を流しながら会社に戻ったＫさんは、今しがた起きたことをすぐに上司に相談した。警察に通報したほうがいいとのことだったので、言われた通り警察に連絡を入れた。

通報を受けた警察が問題の部屋を調べたところ、中に男性の死体があったのだという。

独居老人だったらしく、誰にも気づかれることなく死後二週間以上が経過していた。その身体には大量の蛆が湧き、部屋を埋め尽くすほどのハエが飛び回っていたらしい。

Ｋさんは心の底から、そんなことはわざわざ教えずに心に留めておいて欲しかったと思ったそうだ。

一度だけ、Ｋさんは警察に、現場に行ってどんな様子だったか教えて欲しいと頼まれた。

現場はそのまま保存してあるからと言われ、Ｋさんは本当に嫌だったが半ば無理やり、現場への立ち合いに協力させられた。

部屋の入り口の様子は、Ｋさんが逃げた日からほとんど変わっていない。

ひとつだけ、気になったことがあった。ドアポストに視線を落としたＫさんは、小さな声で警察官に尋ねた。

「ドアポストの新聞やチラシもそのままですか？　なにも触っていないですか？」

ポストはなにも触っていないよ、と警察は素っ気なく答えた。

しかしドアポストに挟まれた新聞とチラシを何度確認しても、あの日入れ込んだはずの差出人不明の汚れた手紙が見当たらなかった。

警察にも汚れた手紙のことは伝えたが、手紙は今も見つかっていない。

まっくらくら

先輩の子供のMちゃんは、外で遊ぶのが大好きな元気な女の子だ。

小学三年生になる彼女は学校が終わると家にランドセルを置いて、すぐにおもてへ駆け出すのだという。

近所の子供たちと、家のすぐそばにある公園で遊ぶのが日課である。

遊ぶことに夢中になって帰る時間が遅くなることも多い。

公園の様子は自宅のキッチンの窓からも見えるし、遊んでいるMちゃんの大きなはしゃぎ声はいつも家まで聞こえてくる。だからMちゃんのお母さんも、帰りが遅いことをそれほど心配はしていなかったらしい。


ある日Mちゃんは友達とかくれんぼをしていて、いつもより遅くまで公園で遊んでいた。

隠れるのが得意なMちゃんを見つけることが出来ず、鬼だった子も「Mちゃん、もう帰ろう！」と降参し、かくれんぼはおしまい。

ひとり、またひとりと子供たちは自分の家に帰っていった。

Mちゃんは誰にも見つからずに隠れられたことが嬉しくて、皆がいなくなるまでずっと隠れ続けていたそうだ。

陽が暮れてあたりが薄暗くなったころ、Mちゃんはようやく公園の広場まで出てきた。


夜の公園は、人影ひとつ見当たらない。

Mちゃんは公園が自分のものになったような気がして、とっても嬉しかった。

見渡す限り自分ひとりの貸し切り空間を満喫すべく、公園の中を思い切り走り回る。

いつもは誰かにぶつからないか不安で、思いきり走ることも出来なかった小さな公園。

夜になった公園はとても広く感じられて、目いっぱい駆けても誰にもぶつかる心配なんてない。

「お昼の公園も楽しいけど、夜の公園はもっと楽しかったんだよ」

ザクザクと砂利の鳴る道を歩く。こんなに音がはっきり聞こえるのは初めてで、Mちゃんは物珍しさに何度も砂利道を往復した。

そのうちに靴の中に砂利が入ってしまい、一度靴を脱ごうとベンチに腰掛けた。暗がりの中、パラパラと真っ黒な影を舞わせるように靴に入った砂利を払う。

「お砂ってこんなに黒かったたっけって不思議に思ったの」

Mちゃんが顔をあげると、目の前には夜の公園が広がっていた。

公園の中央に、チカチカと途切れる頼りない明かりがひとつあるだけ。明かりが点滅して暗くなった瞬間の公園の様子を、Mちゃんは『まっくらくら』と言っていた。

向こう側に見える滑り台は、あんなに大きかったたっけ？

ギィギィと音を立てているシーソーは、傾いたまま動いていない。

からっぽのブランコが、右に左にユラユラ揺れている。

真っ黒な砂場はぽっかりと穴をあけたみたいで、踏み込んだら落っこちてしまいそうだった。

切れかけた明かりがまばたきするたびに、誰もいないはずの公園で誰かが動いているように感じた。

まるで見えないなにかが遊んでいるようだったという。

闇が濃くなっていくたびに、Mちゃんのよく知っている公園が、知らない場所に変わっていくように感じられた。

途切れ途切れの明かりが小さくなっていくたびに、『まっくらくら』が大きくなっていく。遊具の隙間から、木の影から、砂場の奥から、『まっくらくら』がやってくる。

怖くなったMちゃんは家に帰ろうと、脱いでいた靴に足を入れた。

すると、先ほどしっかりと砂利を振り落としたはずの靴の底に、足を飲み込むように真っ黒い砂が入り込んでいたのだという。

「海に行ったときの、濡れている砂に足を入れたみたいな感じ」

慌てて靴を脱いだMちゃんは、そのまま公園の入り口に駆け出した。小さな公園なのに、入り口はとても遠くに感じられた。

振り返ると、Mちゃんの視界いっぱいに広がる『まっくらくら』。

一生懸命走って逃げるMちゃんを、『まっくらくら』が後ろから追いかける。

楽しかったはずの夜の公園が突然恐ろしくなって、Mちゃんは「やだっ！」と大きな声をあげた。

Mちゃんの声を聞きつけてお母さんが公園に向かったところ、彼女は公園の入り口でしゃがみこんでいた。

Mちゃんに怪我がないことを確認したお母さんが靴をどうしたのか、何があったのかと聞いても「おうちに帰りたい」と繰り返すばかり。

お母さんは仕方なく、靴を履いていないMちゃんをおぶって家まで連れ帰り落ち着かせたのだという。

後ほどお母さんがMちゃんの靴を取りに公園へ戻ると、彼女が脱いだ時と同様にベンチの前に靴が置かれていた。靴はきれいなままで、Mちゃんが靴の中に入っていたという真っ黒い砂はどこにも見当たらなかった。

Mちゃんは今も外で遊ぶのが大好きで、公園を元気に走り回っている。

ただ、少しでも陽が傾き始めると、彼女は誰よりも先に家に帰ってくる。

峠の休憩施設

これはツーリングが趣味の友人が教えてくれた話だ。

彼の住む場所から少し離れたところに、有名な峠があった。

カーブや勾配が急な場所で、付近には民家などもなく騒音を気にすることなく走れるので、いわゆる走り屋などが集うのだという。

その峠の近くに、一か所だけ休憩施設があった。

施設と言っても道の駅のように賑やかなものではなく、自販機と薄汚れたトイレ、それにベンチがいくつか置かれているだけの寂しいところだという。

いつ出来たかもわからないオンボロな休憩施設ではあるが、周囲に休める場所はここだけということもあり、利用する人は多かった。

辺りには電波塔も行き届いておらず、携帯電話はいつも圏外だ。

しかし、あるときを境にその休憩所にＷｉ‐Ｆｉスポットが設置されるようになった。

試しに接続を試みてみるとパスワードなど設定されておらず、誰でも簡単に利用することが出来る。

誰がいつこんな山奥の施設にスポットを設けたかは知らないが、立地条件も相まってドライバーたちには重宝されるようになったそうだ。

「でも、おかしなこともあってさ」

友人が言うには、そのＷｉ‐Ｆｉスポットにスマートフォンを接続すると、いつの間にか見知らぬアプリがダウンロードされているのだという。

アイコンは真っ黒、アプリ名も『　　』と空欄が広がっているだけ。

いくら削除しても、そのアプリは消えることなくスマートフォンのなかに居座り続ける。長い時間休憩していると、アプリが勝手に起動し、スマートフォンへ着信を送ってくるのだと言った。

「画面が真っ黒なアイコンで埋まってさ。着信通知が途切れないんだ」

気味の悪さを感じた友人が電源を切ってその場を離れると、いつの間にかスマートフォンの中からアプリそのものが消えていた。しかし、もう一度同じ休憩所でＷｉ‐Ｆｉに接続すると、再びアプリがダウンロードされているらしい。

ドライバーたちの間ではたちの悪いイタズラだと言われているが、地元に長く住む年配のドライバーは顔をしかめて言った。

「この辺は昔から自殺の名所だからね、良くないものが呼んでいるのかもしれない」

その言葉を聞いた友人はすぐにスマートフォンを買い替えて、それっきりあの休憩所の近くは走らないようにしているのだという。

今でも、ツーリング仲間から奇妙なアプリの話は良く聞くらしい。

「皆、おかしなアプリから着信があったって言うんだよ。だけど、出なければなんともないって。でもさ、出ちゃったらどうなるんだろうな」

友人はため息をついて、首を左右に振って呟いた。

「有名な話なのに、着信に出たらどうなるかって話は一切聞かないんだ。一人くらい、通話したことのあるやつが居たっていいはずだろ?……着信に出ちゃったやつは、通話の内容さえ言えないようなことに巻き込まれてるんじゃないかって思うとさ」

最近、その峠の周囲では車やバイクによる事故が多発している。

灯篭

都内に住む英二さんは二十歳のときに母方の祖父を亡くしたが、その葬儀の挨拶回りで初めて祖父の生家を訪れたという。

西日本の田舎にある立派な日本家屋のその宅は一緒に行った英二さんの母親も十年以上来ていないそうで、今は祖父の長兄の一族が住んでいた。

母は挨拶もそこそこに、気楽に親戚たちと祖父の思い出話に花を咲かせていた。その横で、葬儀以外で会ったことがあるのかどうかもわからない顔ぶれを眺めながら、ぎこちなく、かしこまった言葉を返していた英二さんだったが、同年代の又従兄弟《またいとこ》の気さくさのおかげでだんだん場に打ち解けたそうだ。

ふと居間から出て縁側に腰掛けていると、遠縁の親戚たちの温かさに触れ、かえって存命の頃に祖父ともっと話しておけばよかったなという寂しさが湧いた。感傷的な気分になってぼんやり庭園を眺めていたそのとき、池の横に建っている苔むした石灯《とう》篭《ろう》の笠が少し傾き、ずれていることに気づいた。

うしろを通りがかったこの家の最年長者である祖父の長兄の妻、英二さんの大伯母に「あの灯篭、すごく古そうですね」と声をかけると、「あの灯篭はねえ」と言いながら傍らの椅子に腰を下ろし、おもむろに語り出したという。

曰《いわ》く、あの灯篭の笠は、気づくと「ずれ」るのだという。それもずっと昔から。

彼女が嫁いできたとき、この家の老父から教わった話では、あの灯篭の笠のずれは直しても直してもいつの間にかずれる。若い頃の彼は犯人を捕まえようと夜通し縁側から灯篭を見ていたそうだ。月明かりだけがぼんやりと照っている静まり返った庭を前に眠りかけたとき、灯篭の側に黒い大きな人影が立っているのが見えた。一気に目が覚めて息を殺していると、その人影は灯篭の宝珠を摘んで鍋蓋を開けるように笠をずらしたという。翌朝、家内中にその話をすると、なぜかその人影は得体の知れない化け物ではなく、この家の守り神かなにかだろうということで落ち着いたそうだ。以来この家では、気が向いたときに灯篭の笠を直すのが男の仕事になった。

彼女は見たことがないらしい黒い影を、まるで実在するかのように「その人」と呼び、何年も前に亡くなった祖父の長兄も少年時代に「その人」を目撃したことがあったそうだと語った。

「その、ずれはいつ直すんですか?」

と訊ねると、庭を掃除するときやら池の鯉に餌をやるときやら、とずいぶんのんびりしたことを彼女が答えたので、

「じゃあ直さなくてもいいじゃないですか」

と言うと、直すことが当たり前になったから直すのだという。庭の光景としては笠がずれていないときでも、ずれているときでも同じように「普通の光景」なのだそうだ。そして穏やかに彼女は言う。

「ずっとずれたままにしておくとその人のやることがなくなるからねぇ」

その話を聞いて英二さんは、石灯篭が劣化して傾いている状態で安定するようになったのが妥当な理屈だろうと考えたそうだが、しかし、都会で育って故郷意識を持たなかった彼は、自分の血の繋がった人間が昔話に登場したようなロマンティックな気持ちも生まれて、不思議な伝承に俄然胸が熱くなったという。

「灯篭の写真を撮ってもいいですか」という英二さんの申し出を快く受け入れた彼女

は居間から又従兄弟を呼んで、笠のずれを直させた。英二さんは持参したデジカメで石灯篭の笠がずれている光景と、直された光景、両方とも写した。

　都内に帰った英二さんは数日後、その当時付き合っていた彼女に、灯篭に纏わる話を語りながらその写真を見せた。しかし庭園を写したどの写真も、中の灯篭の笠がずれている。

（おかしいな、ずれを直した灯篭も写したのに。間違って消したのかな）と思った。しかし、又従兄弟が灯篭の笠を直しているところを写した数枚の写真もあったので、写っている灯篭すべてがずれているのはやはりおかしい。

「その人が写真の灯篭の笠もずらしたんじゃない」

横でデジカメの画面を覗き込んでいた彼女が笑って呟いたのを聞いて、彼は「ああ、なるほど」と腑に落ちた。

　何か月か経って、祖父の生家のある地方で地震が起きた。大規模なものではなかったが心配した英二さんが電話で大伯母に様子を伺うと、たいした被害はないという。

しかし、庭の灯篭は倒れてしまったらしい。

「残念ですね」

英二さんの言葉に、最近しばらくは灯篭の笠がずれなかったのだと大伯母は寂しそうに言葉を溢した。

ふと、もし笠がずれてたらあの灯篭は倒れなかったのだろうかと思った英二さんは、なんとなく、写真に写った灯篭の笠がずれていたことを口に出せなかったそうだ。

その後、石灯篭は再建されたが、笠がずれることはまったくなくなったという。

浴衣

悦子さんという知人女性から聞いた話。

彼女が小学生低学年の頃、母親に連れられて百貨店に行った帰り、路上に面したとある店のショウウインドウに飾ってある浴衣《ゆかた》が、ものすごく欲しくなったことがあるという。

マネキンが着ていたその浴衣は大人用で、当然、母親に買ってもらえなかったが、人が行き交う路上で泣きじゃくってごねるほど彼女はその浴衣を欲しがったそうだ。

それから毎年夏になるとそのことを思い出してしまうそうだが、特段変わったデザインでもない水色の生地に朝顔の柄の浴衣を、なぜあれほど欲しがったのかは彼女自身もよくわからないという。

悦子さんが高校生のときの夏休み、友人と二人で近所の大きな神社の夏祭りに行った。二人揃って浴衣を着て、縁日の屋台が並ぶ参道の人混みの中を歩いていると、彼女は遠くにちらと、あのとき欲しかった浴衣を着ている女性を見かけた。

「あの人が着てる浴衣、昔すごく欲しくってさあ」

思わず隣の友人に声をかけ、女性を見かけた方向を指差したが、もうその人の姿は見えない。

「どの人？　どんな浴衣？」

と聞いてきた友人に小学生の頃の話をしたが、

「でもそんな浴衣いっぱいあるじゃん、あの人だって」

友人は先程の女性と違う人に指を向ける。

そう言われると、たしかに同じような浴衣を着ている人をちらほら見かける。ではどうして、あの女性だけが目に留まって、女性の浴衣があのマネキンが着ていた記憶の中の浴衣と同じものだと思ったんだろう、と悦子さんは自分でも不思議に思ったそうだ。

もやもやと考えながら、友人の後について歩いていると、また人混みの中にあの浴衣を着た先程の女性が目に入った。

友人を呼び止め、「あの人」と言いながら視線で伝えようとすると、もう女性を見失っている。友人は悦子さんがなぜその話題を何度も言ってくるのかわからないという感じであまり興味を持っている様子もない。

いくつかの屋台を回ったあと、二人で金魚すくいをしていた。集中して硬くなった肩肘を休めようと一息つくと、背後に人が立ち止まっている気配がする。

振り返って見上げると、先程から見かけていたあの浴衣の女性が悦子さんを見下ろしていた。隣の友人に、小声で「うしろの女の人、見て」と言い、二人で一緒に振り返ると、すでにその女性はいない。

立ち上がり、背伸びして辺りをキョロキョロと見渡す悦子さんを見上げ、苦笑いしながら、

「その女の人って、どんな顔してるの？」

訊ねる友人に、話そうとしてはじめて悦子さんは、先程から見かけていた女性がマネキンだったことに気づいた。ほんの数秒前まで人だと認識していたはずだったものが、思い返そうとするとすべてマネキンに変わっている。

「え？　あれ？」と言いながら戸惑っている彼女を横目に、金魚すくいを終えた友人

が立ち上がり、

「ねえ、あの人じゃない？」

と遠くの方を指差した。友人の指の先にはあの浴衣を着たマネキンがいる。見つめたまま強張る悦子さんに気づいたかのように、マネキンは体ごと顔をこちらに向けた。

（目が合った）と思って震えている悦子さんに、友人は、

「どうしたの？」

と心配そうに聞いてきたが、何も言葉を発せない。

すると、視線の先のマネキンがすうっと、こちらに近づいてきた。滑るように、しかも少し動いては人にぶつかって、人混みの中をかき分けることもできずにがたがたしながらも、マネキンはこちらに近づこうとしている。ぶつかられた人たちは何事もないように笑っている。

「帰る」

悦子さんは絞り出すような小声で友人に伝え、走ってそこから逃げ出した。

それから数年経った今でも、彼女はマネキンの顔を見るのが怖くて思わず目を逸らしてしまうのだという。

絵

裕さんが出張でとある地方都市に泊まったときのこと。その日の宿泊先は会社が手配したところだったのだが、急な出張で予約が取れなかったからか、普段の出張で利用するホテルのグレードに比べるとずいぶんと高級な外資系のホテルだった。

その日の仕事を終えて夕食前にチェックインした彼は、ロビーの豪華な雰囲気に気分が高揚した。また、明日の朝早くには出て行かなければならないことを考えると、のんびりと過ごせないのが勿体ないと感じるほど贅沢で居心地のよい部屋だった。

裕さんは喫煙者だがホテルの部屋は禁煙ルームと決めている。その日も部屋に荷物を入れた後、食事をしに外出する前にホテルの喫煙ルームに寄ったそうである。

フロントの一つ上の階、奥まったところにある喫煙ルームは、照明を落とした洒落《しゃれ》たバーのような空間で、部屋の中央に灰皿付きのテーブル、壁に沿うようにソファーが設置されていた。他に誰もいなかったので、裕さんはソファーに腰掛け、少し自分に酔った気分で煙草を味わっていた。
壁に一枚の絵が飾られていた。それは煙草を燻《くゆ》らせている男の横顔が描かれた絵で、裕さんは一服しながらボーっと眺めているうちにその絵も気に入って、絵も含めた喫煙ルームの光景をスマホで撮影してSNSに投稿した。

遅めの夕食を終えてホテルに帰ってきた彼は、また一服しようと喫煙ルームに向かった。ドアを開けると自動でパッと照明の点いた空間に入り、壁の絵に目が行った。しかし、それは行きがけに見たものと違って、飾ってあったのはモノクロームの写真だった。写っているのは煙草を燻らせた男の横顔である。
不思議に思った裕さんは煙草に火を点ける前にスマホで、先程撮った絵の写真とSNSの投稿を確かめたが残っていなかった。

味のしない煙草がほとんど灰になって落ちたとき、裕さんは自分が外に出ていた間に掛け替えたのだろうと無理矢理自らを納得させ、再びこの喫煙ルームの光景を撮って、SNSに投稿して退出した。

部屋に戻ってシャワーを浴びたあとSNSを見ると、自分が投稿した写真が撮影したときよりもずいぶん暗く見える。壁の写真も真っ黒につぶれ四角い黒い染みのように見えたそうである。数人の友人から「お洒落な喫煙所！」「暗いね笑」などというコメントが書かれていた。その中に混じって、

「絵画みたいですね」

というコメントがあったが、そのコメントをした人を裕さんはまったく知らず、気味が悪くなり、今度は自分で写真と投稿を消したという。

再び煙草を吸いに行くことなく、翌朝チェックアウトに向かった裕さんはフロントで、

「喫煙ルームに絵って、飾ってましたか？」

と聞いた。

「絵……ですか。飾ってなかったように思いますが」

と怪訝そうに答え、確認するので少々お待ちくださいと言うフロント係を制して、出発したそうである。

狂言

大学生の詩織さんから聞いた話。
都心の喫茶店で待ち合わせをしていた彼女がスマホをいじって時間を潰していると隣のテーブルに向かい合って座っている二人組の女性の会話が耳に入ってきた。

「さっきガム噛んでたら血の味がしたんだよね」
「それ、自分の口の中噛んだだけじゃないの」
「違うよ、だってわたしの血の味じゃなかったもん」
「よくあることだよねえ」

ん？　と思って隣の席を見てしまったのは、聞こえてきた会話の内容だけが理由ではなく「よくあることだよねえ」という言葉が、鈍く低くエコーのかかったように響いたからだという。二人組の女性は今しがたの会話を忘れたかのように別の話題でおしゃべりを続けていて、特に変わった様子はうかがえない。詩織さんと同じ年代に見える彼女たちはそろって大きなイチゴのかき氷を食べていたが、詩織さんのじいっとした視線に気づいたのか、食べるのを止めて訝しげな表情でこちらを見返してきた。

詩織さんは慌てて店内の様子を見るように視線を別のところへ移したが、やはり先程の会話は隣の二人が発したとしか考えられず、居心地が悪くなったそうだ。

気になる彼女は目だけでちらちらと隣の様子をうかがっていたが、そのとき隣のテーブルのかき氷の、赤く、じんわりと溶けつつある表面に、男の顔が浮き上がっているように見えたという。

その顔がどうにも血に塗れて溶けながら呻いているように映り、

（さっきの低い声はあれの声だ）

と思った詩織さんは、もう隣の席には視線を向けず飛び出るように退店した。

「この話、続きがあるんです」と言って、さらに彼女は語った。

「あの喫茶店の二人組、また見たんです。顔なんて覚えてなかったけど絶対にあの二人組だってわかったんですよ」

数日後の大学の授業中での話。その授業は二百人以上入る大きな教室で古典芸能についで学ぶ講義だった。毎回、教室のスクリーンで映像を流しながら先生が解説するのだそうだ。

詩織さんはその授業で眠ってしまうことが多かったらしく、その日も映像が流れ始めると暗くなった教室でうとうとし始めた。

「真面目に聞いてなかったからよくわかんないんですけど、昔に上演された狂言の映像が流れてて……」

映像の中の狂言師の独特の笑い声、観客の笑い声、先生がマイクを使って解説しながら一人で笑う声、真面目に授業を受けている学生達のクスクス笑う声、そんな様々な笑い声を詩織さんはぼんやりと聞くともなく聞いていた。

映像の中で観劇している当時の客の品のある笑い声が起きたとき、彼女はふと目がさえた。すると後方からぼそぼそとした声が聞こえてくる。

「あの笑い声、わたしの声だよ」

「違うよ。わたしの声だよ」

詩織さんが振り返ると、すぐ後ろの席に隣り合って座る二人組の女子学生が互いに顔を近づけて小さく笑いながら会話している。暗くてよくわからないが、詩織さんは（あの喫茶店の二人組だ）と思ったそうである。そう思うと、彼女たちの存在に詩織さんが気づいていることを感づかれるのがなぜか不安に思えてきて、視線をスクリーンに戻してそこから外さないようにしていた。

映像は、真面目に授業を聞いていなかった彼女が途中から見てもさっぱりわからない。狂言師の台詞も先生の解説も耳に入らず頭の中を通り過ぎてゆくだけだったが、今度はそれらをかき消すようにスピーカーからエコーのかかったような低くて鈍い笑い声が響いた。

周囲を見渡したが何もなかったかのように先生は淡々と語っており、辺りの学生もスクリーンを眺めて映像に見入っている。今響いた笑い声が耳の奥にずっと残っているように感じた詩織さんは、だんだんと寒気がしてきて教室が暗いうちに抜け出したという。

行列

数年前のこと。休みの日、友人の家で朝まで飲んでいた篤史さんは少し眠ってから昼前にその家を出た。その友人宅があった町は細い路地が入り組んでおり、古着屋や雑貨屋が点在している若者に人気の町である。その日も狭い道路でぶらぶらしている若者たちを横目にしながら、飲みすぎと睡眠不足で気分の悪い篤史さんは家に帰ってもう一眠りしようと足早に駅を目指していた。

しかし不慣れな場所だからか駅まで向かう途中、篤史さんは迷って来たこともない路地に入ってしまった。

その路地で彼は行列を見た。

古い木造住宅が軒を連ねる中、ピンクに塗られた壁の建物がある。その建物の閉じたドアの前から原色や派手な色の服を着た若い女の子たちがずらっと並んでいる。彼女たち以外、その路地には誰の姿も見えない。篤史さんは、ショップか古着屋のセールかと思って興味本位でその行列に近づいた。しかし横を通り過ぎようとしても、女の子たちはこちらを見るどころか、会話もせずに俯いて並んでいる。彼女たち越しに見えるピンクの建物には窓があるが、中は真っ暗で様子はわからない。

篤史さんはなんとなく、弔問の行列に色がついたらこんな感じだろうか、と思った。そう思うと彼女たちが少し不気味に見えてきて、その場を去ろうと来た道を引き返した。背を向けて彼女たちが視界から消えた途端、それまでしんと静かだった集団がざわつきはじめたという。驚いて振り返ると、相変わらず皆俯いているようだが、中の数人が下を向きながら何か喋っている。

「縁が切れたから」

「移転するの」

「○×駅の下に」

ぼそぼそとした話し声の中でそんな言葉が聞き取れた。しかし意味はわからなかったのでそのまま路地を出ると、そこからは迷うことなく駅に辿り着いたそうだ。

後日、その日飲んでいた友人と会った際、ピンクの建物のお店って見たことある？　と訊ねると、

「知らないなあ。女の子が行く店は詳しくないから。でもそんな目立つ店見たことないけどな」

どのあたりにあったの？　と逆に聞かれて、迷ってたからわからないと答えると、二日酔いの白昼夢だと笑われてしまった。「アーティストでもないのにアーティストみたいな夢を見るなよ」と笑う友人を見ていると、「ああ、なんだ白昼夢だったのか」と、得体の知れない現象に名前が付くだけで腑に落ちてしまい、そう思うと不気味だった行列の彼女たちが不思議と可愛げのある存在だったように思えてきた。


〈○×駅〉という駅名は、その瞬間は聞き取れて覚えていたそうだが、その後すぐに思い出せなくなってしまったらしく、篤史さんは〈○×駅〉もまた、彼女たちと同じように現実には存在していない夢の中のものなのだろうと考えていたようである。

しかし最近になってその駅名を耳にした。というのは数か月前から篤史さんは関西で仕事をしており、ある休日の夜、繁華街に向かう電車のアナウンスで聞こえた駅名

が〈○×駅〉だったというのである。駅名が聞こえた瞬間、忘れていた数年前のことを思い出した。あの白昼夢で彼女たちが口にしていた場所だ、と確信した彼は思わず用もないその駅で降りた。

その駅も、篤史さんの友人が住んでいた町に似た古着屋やショップが並ぶ町の駅で、改札を出た篤史さんはとりあえず高架下を歩き始めたという。ガレージや倉庫や店が連なった高架下にピンクの壁が見えたとき彼は驚いて足を止めた。そこは白い鋼板が建てられた空きスペースで、その鋼板がどうやら周囲の照明のせいでピンクに見えたらしい。

ふと、鋼板の隙間から暗い中を覗くと、ところどころ雑草が生えている荒れたコンクリートの上に、どろどろに汚れた洋服が何枚も散乱している。その服はどれも原色や派手な色合いで、暗い地面の上でぼんやりと色とりどりに光っているように見えた。魅入られたように中を覗いていた篤史さんだったが、だんだんと自分の大切なものが汚されたように感じて、湧き上がる怒りと悲しみから、涙を浮かべながらドンドンと鋼板を叩いていたそうである。

後ろを通りがかった警察官に声を掛けられるまで我を失っていた彼は、職務質問を受けている間にすうっと酔いが醒めるように落ち着いて、さきほどの自分でも説明のつかない感情はさっぱりと消えてしまったという。

「気分が悪いときに見た夢と比べると、素面で見る夢の方がタチが悪かったですね」

と彼は苦笑しながら話を締めた。

雷子

嵐の夜、彩さんは轟音《ごうおん》に眠りを破られた。

カーテンの隙間から激しい光の明滅、一呼吸遅れて窓ガラスを震わせる雷鳴。

「空気がビリビリ張りつめた感じで、これは近いな、近くに落ちたなと思った」

そのとき、ペタペタと廊下から足音がした。

微かに蝶番を軋ませてドアが開き、夫婦の寝室に入ってきたのは子供だ。

子供部屋で一人寝かせておいたところ、激しい雷で目が覚めてしまったのだろう。

「激しい雷だから、子供は怖がるよね。大人の私でも、ちょっと怖いと思ったくらいだもん」

雷怖かったのねー、と声掛けしてからベッドを降りて子供を抱きしめる。

「ママがいるから大丈夫、怖くないよ」

暗闇の中、抱き寄せた子供から、いつもの乳臭い体臭がしてこない。代わりに垢じみた臭いがムッと鼻を刺した。

「それに、抱き心地が我が子じゃなかった」

子供は裸で、その体は冷え切っていた。

えっ、うちの子じゃない？

顔を見ようとしても、子供は彼女の胸にすがりついて離れない。

引き剥がそうとすると、ズキッと右の乳首に痛みが走った。

噛まれた⁉

鋭い痛みにたまらず突き飛ばすと、子供は闇に溶けるように消えた。

「今のは何、うちの子はどうしたの？」

不安になって彩さんが子供部屋へ駆けつけると、我が子は雷鳴の轟く中、すやすや熟睡していた。

「私がバタバタしてたのに一緒にいた夫も全然起きなかった。一度寝たら最後、目を覚まさないぐっすりタイプね。うちの子、父親によく似てるなぁって感心したわ」

その夜、彩さんの右胸にはうっすらと歯形が付いていたが、翌朝には跡形もなく消えていたという。

人形の女王

律さんの元彼は人形を忌み嫌う人だった。

共通の友人に紹介されて二人が交際を始めたとき、彼が最初に確認したのは律さんの所有する人形の有無だったという。

「変人だったけど、付き合ってみようと思ったのはイケメンだったから。私の好きな俳優の●●君に彼、よく似てたんです」

人型の物に彼が抱く恐怖心は異常なレベルだった。

「彼、子供が持ってるちっちゃな玩具のお人形もダメだし、マネキン見るのも嫌がるんで一緒に服を買いにも行けなかったくらい重症でした」

度を越した彼の人形恐怖症は、小児期の体験に原因があるらしかった。

小学生当時、放課後に川遊びをしていた彼は、橋桁に引っ掛かった人形を見つけたのだという。

「その日は川にマネキンみたいな大きな人形がうつぶせに浮かんでて、彼はそれに石を投げて遊んでたんですって」

橋の上から投げても、ノーコンなので石礫《いしつぶて》はなかなか人形に当たらない。

近距離から投石しようと河原に移動したところ、彼は襲われた。

「ざばりと水面から起き上がった人形が、彼の唇に自分の唇をぶつけてキスしてきたんだそうです」

人形がいきなり動いたショックからか、彼はその場で失神した。

その後、通りすがりの人に声をかけられて気づいたときには、人形はどこにも見当たらなくなっていた。

「それ、人形じゃなくて水死体だったんじゃないの？　って脅したら彼、〈唇に受けた感触が固かったから、プラスチックで間違いない〉って言い張ったんです」

口づけしてきたその人形は、人形の女王なのだと彼は言った。

「〈俺はあのとき人形の女王に気に入られてしまったんだ〉って語ってましたね。〈人形はダメ。人形はヤツの眷属《けんぞく》だから、人形を近づけたが最後、俺はヤツの元に連れていかれてしまう〉って」

そんな彼が律さんの家に遊びに来たことが、二人が別れる原因になった。

大学生の弟とルームシェア中のアパートに招待すると案の定、彼はその部屋に人形がないかとしつこく尋ねてきた。

「人形なんて持ってないからうちに来てもらったんですけどね。彼、玄関に入るなり怒鳴り散らして帰っちゃったんです。〈お前よくも嘘をついたな、この家にはたくさん人形がいる、俺はここにはいられない〉って」

彼女も彼の奇行に愛想が尽きてしまい、去っていく彼を呼びとめる気も起きなかった。

その夜のこと、彼女のSNSアカウントに〈嘘つきとは付き合えない、人形の手先が！〉という罵倒メッセージが届いた。

別れるにはいい機会と彼女は返信せずにブロックし、彼の電話番号を元彼フォルダに移動させた。


「そういえばあの日、彼が帰って一時間くらいしてから弟が帰宅したんですけど、ちょっと変なことがありまして」

いつもは温厚な弟が、珍しく姉を怒鳴ったのだという。

「姉ちゃん、俺のプラモ触った？　壊れやすいから素人は触らないでって言ったじゃない！」

律さんの弟はプラモデル好きで、自ら組み立てたロボットを十体ほど飾り棚に並べて鑑賞しているのだが、そのプラモが勝手に動かされていたという。

「あんたの部屋に私入ってないし、何かの勘違いじゃない？」

そう言って弟の部屋を覗くと、十体のガンプラ全てが背中を見せて、壁の方を向いていた。

朝出かける前は、ちゃんとこちらを向いていたんだと弟は主張する。

その日、彼は玄関までで帰ったし、姉弟以外にこの部屋の中に入った者はいない。地震は観測されておらず、これまで外からの振動等でプラモが移動したこともなかった。

ただ、弟の部屋は玄関から壁一枚隔てた位置にある。

「壁に顔を向けてたってことは、プラモが玄関にいる彼の方を向いてたんじゃないかな？　って思ったんです。彼のことビョーキだと思っていたけど、ひょっとしたら本当のことを言っていたのかもって」

プラモも人型なら人形の一種ですもんね、と律さんは話を締めくくった。

手つなぎ

彼女は彼と手をつないで歩いていた。

彼と別れた日から数えてちょうど一か月目のことだった。

手をつなげるのがとてもうれしく彼女は幸せだった。

彼のことを嫌いになって別れたわけではない。

むしろいとおしく思っていたが、彼女にはどうすることもできず、泣く泣く住む世界を違えたのだった。

つかの間の幸福は、唐突に終わりを迎えた。

気づくと彼女は一人、自室のベッドに横たわっていた。

全て夢だったんだ。

そう思ったが、左手にほんのりとぬくもりを感じる。

ええっ？

覚醒しても、依然として手がつながれていた。

見ればベッドに接した壁から腕が生え、ぎゅっと彼女の左手を握りしめていた。

ぞっとして身じろぎしたら、その手は優しく身を引いて壁に吸い込まれていった。

「彼でした。彼だったんです」

長年ポーターの職に就いていた彼は、特徴的な掌《てのひら》をしていた。重量のある荷物を運んでいたために、彼の手には指の付け根に四つ、固い肉刺《まめ》ができていたのだ。

離れゆく掌が彼女の指先を掠めた瞬間、肉刺に触れたので彼の手だとわかったそうである。

その彼は事故により既に彼岸の住人となっている。

彼女は彼の再訪を心待ちにしているのだが、月命日の一件以降、奇跡は起こっていない。

鬼女と山姥

勇也さんが高校生のころ、同居の祖母に異変が起きたという。

「きっかけはわからないんですが、バアちゃんがすごく元気になっちゃったんです」

高齢者が元気なのはいいことだが、その程度が問題だった。

ある日突然、祖母は一日中家を留守にするようになった。それまで近所を散歩するのも億劫がるほど出不精だったのに、行先も言わず早朝に家を出ていき、日付が変わるころまで戻らなくなった。

帰宅した祖母は酷く様変わりしていた。家族との会話もなくなり食事を手づかみで食らうなど、祖母の激変ぶりに勇也さんはおののいた。

「大の風呂好きだったのに全然入らなくなるし、バアちゃんが俺の知らない人になったみたいで……両親は〈いよいよバアちゃんに来る時が来た〉って、覚悟を決めた感じでした」

認知症が疑われる祖母を、力ずくで病院に連れて行こうとしたこともあった。

だが、家族三人がかりで引き留めようとしたところ、老体に見合わぬ怪力に父親までもが敵わず振り払われてしまった。

「バアちゃん、体は健康そのものでしたからね。もう少し落ち着いたら病院に連れて行こうって」

しばらく様子を見ることに決めた一家だったが、気がかりは祖母が徘徊して余所《よそ》様に迷惑をかけていないかということだった。

早朝から深夜まで、祖母はどこに行っているのか。

両親から頼まれた勇也さんは、祖母を尾行することにした。

その日の朝、勇也さんは裏山を目指して走る祖母の後を追った。

若者でも足元に苦労する急峻な山道を、まるで野生動物のように駆け上る祖母に舌を巻いたという。

「俺、足は速い方なのに、どういうわけか八十近いバアちゃんに追いつけなかったんですよ」

何度かトライしたのだが、いつも山道の途中で祖母に振り切られてしまった。

「木に飛びついて、するするするっと上まで登っていって撒かれちゃったんです」

猿の如く樹冠から樹冠へ飛び移り、祖母は勇也さんを置き去りにしたのだという。小柄で体重が軽いからできる芸当で、男子高校生にそんな真似はとうてい無理だった。

それで、祖母が裏山で一日を過ごしているらしいとわかった。

「おやじは〈惚けると脳のリミッターが外れて身体能力が増すんだろう〉って言ってましたけど、どうなんでしょう」

人格変容をきたして家族や他人に暴力をふるうタイプの認知症は存在するが、このように、火事場の馬鹿力が毎日持続するケースは稀だ。

「バアちゃんがヤマンバみたいになって一週間くらいだったかなぁ。うちに拝み屋さんが来たんです」

夕刻、勇也さん宅を訪れた拝み屋は母親と同年代の中年女性で、いかにも実直そうな人物に見えた。

拝み屋は〈修業のため、お宅のお婆さんを祓わせてほしい〉と言った。

父親は〈大金を取られるのでは〉と難色を示したが、拝み屋から〈お金をいただくと修業にならないので無料で祓う〉と言われ、了承した。

「今思うと、おふくろは最初からお祓いに大いに乗り気だった気がします」

勇也さんの家族三人と拝み屋を合わせた四人で、祖母の帰りを待った。

「拝み屋さんが、山から帰ってきたバアちゃんの背中に素早く回り込んで」

拝み屋に首の付け根を打たれるやいなや、玄関の上り框《かまち》に崩れ落ちる祖母。

「その人、お札も何も使わなかったですね。呪文もお経もなかったな。首筋をポンっと軽く叩いただけで、悪いモノならもう落ちたと」

静かな寝息をたてる祖母を、父親が抱きかかえて寝室に連れていく。

その陰で、勇也さんは思いもよらぬ場面を見た。

母親が拝み屋と視線を交わしてにやりと笑ったのだ。

「そのときのおふくろの笑みが、なんだか厭らしく見えて気になったんです」

ひそひそ拝み屋と話す母親が〈うまくいった〉と言ったように聞こえて、勇也さんはなんとなく胸騒ぎがしたという。


次の日の朝、目覚めた祖母はすっかり惚けていた。

話しかけても祖母から意味ある言葉は一つも返ってこず、病院に連れて行こうと手を貸しても自力で起き上がれなくなっていた。

慌てて村の診療所に担ぎ込むと、祖母はひどい骨粗しょう症で背骨が複数つぶれているため、歩行は難しいだろうと言われた。

「医者に〈昨日までバアちゃん山に登ってました〉って言ったら、〈嘘だろう〉って信じてもらえなかったですね」

それから三日後、寝たきりになった祖母は八十年の生涯を閉じた。

「バアちゃんが亡くなってしばらくは後悔しましたよ。山を駆け上がるくらい元気だったんだから、あのときお祓いしなけりゃもっと長生きしたんじゃないかって」

祖母の死後、生き生きとし始めた母親に勇也さんは戸惑った。

お祓いの際、母親の言う〈うまくいった〉とは何だったのか。

農家の嫁の常として、母親は働き尽くしだった。

そんな嫁姑の仲は、けして良好なものではなかった。

頑健な肉体を誇る祖母はこれまで持病一つなく、百歳過ぎまで生きるつもりだと普段から豪語していた。

拝み屋に能力があれば意のままに悪霊を祖母に憑かせ、また祓うことも可能だろう。

母親と拝み屋の間に流れる空気は初対面の者のそれではなかった。

二人が旧知の仲だとしたら、こうなることを見越して母親が密かに拝み屋を呼んだのではないか。

もしかすると、もしかしたら……勇也さんはどうしても疑念を払拭できなかった。

「本人に問いただそうにも、もうできなくなってしまいました。疑ってぎくしゃくしてるうちに、おふくろが頓死《とんし》しましてね」

農作業中の突然死だったという。

立て続けに母親と妻を喪って気落ちしたせいか、二人の後を追うように父親も亡くなった。

あのときの拝み屋は名前も名乗らず、どこの誰ともわかっていない。

白闇姫

Ａ県にある女子大に通う梢さんの話。

彼女は、その地方で名高い素封家の跡取り息子とかつて交際していた。付き合い始めたばかりのころ、彼から〈両親が君に会いたがっているので、泊まるつもりでうちに来てほしい〉と言われたのだという。

梢さんは快諾し、次の週末に泊まりがけで彼の実家へ行くことにした。その夜、〈嫁入り前のお嬢さんだから〉と梢さんは一人、敷地内に建つ離れに寝かされた。

「畳のいい匂いがして羽毛布団はふわっふわ。横になったらすぐに寝ちゃいました」

翌朝、起床した梢さんが軽くメイクを済ませて食卓に着くと、彼とその両親の三人がにこやかに彼女を迎えた。

「昨日はよく眠れた？」

彼の母からの問いかけに彼女が〈はいっ〉と元気よく答えた途端、場の空気が凍りついた。

彼と両親の顔から笑顔が消え、まるで仮面をはり付かせたかのように無表情になり、朝食もろくに摂らないうちに彼女は彼の家から追い出された。

「玄関で急に彼から別れを切り出されて。納得いかなくて粘ったけど、ダメでした」

前日まで愛を語らっていた彼は彼女にメールも返さず、電話にも出てくれない。

SNSのアカウントをブロックされ、他大学に通う彼との連絡手段はいつの間にかなくなっていた。

「何の理由も思い当たらないのに、その一晩で私たちは終わってしまったんです」

梢さんはわけがわからないまま、彼のことを諦めるしかなかった。


大学生の環さんは、名家の一人息子と付き合っていたことがある。

サークルの体育大会で、彼女の方から他大学に通う彼を見初めたのだという。

「お金目当てもあったけどルックスも好みだったし。ちょっと奥手というか、真面目そうなところがいいなと思ったの」

浮いた噂の一つもない彼であったが、環さんに変わった提案をしてきた。

「付き合うには条件があるって言われた。彼の実家に泊まりに来てほしいんだって」

交際を始め、結婚を考えてから両親に挨拶するのならわかるが、交際前に実家に宿泊するのは順序が逆ではないか？

そう指摘すると、彼は彼女にこう訴えてきた。

「僕とは遊びだというなら来なくても構わないけれど、もし君が結婚を前提に真剣に付き合いたいと思ってくれるのなら、是非うちに一泊してほしい」

そこまで言うのならと、環さんは休日に彼の実家にお邪魔することにした。


その日、環さんが訪ねた彼の実家は、予想を遥かに越えて豪華な和風の邸宅だった。ひと目で高級とわかる天然木をふんだんに使った家屋に、伝統的な日本庭園までついている。

「絶対うまくやって、このうちの奥様になってやる！　と思ったんだけど」

その晩、プールめいたサイズの風呂に浸かった後、環さんは木造の離れに一人で寝かされた。

「離れって言っても、うちの実家の数倍は大きい建物だった。結婚前だからと言われて、もちろん彼とは別に泊まった」

建物の外観は御堂のようで、家具一つない畳敷きの部屋の真ん中に真新しい布団が一組敷いてあった。

普段ベッド派の環さんは、ふわふわ体が沈み込む柔らかい布団の感触に慣れず、なかなか寝付けなかった。

「それでも緊張して疲れてたから、そのうちウトウトしてきた」

眠りに落ちそうな瞬間、環さんは金縛りに遭っていた。

「金縛りなんか中学生以来だったから、解き方もすっかり忘れてたわ」

悲鳴も出せず、唯一動かせる両眼で部屋を見渡すと、天井の一角に白い靄《もや》がくすぶっている。

金縛りで動けないのに火事かと慌てたが、白煙だけがミストのように揺らめくばかりで、目を凝らしても天井のどこにも炎は見えず、煙に焦げ臭さもない。

「何これ？　って靄を眺めてたら、みるみる人の形になってきて」

仰向けの姿勢で布団に呪縛された彼女の上空に、白い着物を纏《まと》った童女が浮いていた。それは白ずくめだが死装束ではなく、金糸の刺繍の施された華やかな着物だった。

血色を欠いた童女の肌は、身に着けた正絹の着物と見分けがつかぬ色をしていた。ひな人形のように端正な顔立ちの童女は、動けない環さんをじっと見下ろしている。童女は仏像のように穏やかな半眼をしていたが、目を合わせてはいけない気がして彼女はきつく瞼を閉じた。

「見かけは幼女なんだけど、存在感が子供じゃないの。かわいらしさなんて全然ない。もっと恐ろしく厳しくて、そばに来られたら死ぬかもしれない、そんなモノ」

見ちゃいけない、見ちゃいけない、見ちゃいけない……。

見てはならぬとどれだけ頭の中で唱えたころだったか、ふと童女の気配が消えて環さんが目を開くと、金縛りは解けて空は既に白み始めていた。

「金縛りはともかく、お化けなんて見るのはそれが初めて。もう怖くて怖くて、こんな家はゴメンだと思った」

金持ちだがお化け屋敷の住人に嫁ぐより、普通の幸せをつかもうと決意した環さんは、帰り支度を済ませて母屋に挨拶に行った。

出迎えた彼氏一家に〈私帰ります〉と告げるやいなや、彼の母親が大声を出した。

「あなた、昨日眠れなかったんでしょう？　そんな顔をしてるもの、そうよね！」

もはや彼への興味や恋情も失せていた環さん。

「〈ひとを幽霊屋敷に泊めておいて何をほざいているんだこのババア！〉と言いたいところを我慢して、〈白い子供が出て怖かったです〉って泣き真似してみたら」

胴上げされそうな勢いで、環さんは彼氏一家にかわるがわる抱きつかれた。

「彼だけじゃなくて、ご両親まで抱きしめてくるから、何なんですかって言ったら」

彼らは環さんを、由緒ある安藤家の嫁として迎えるというのだった。

「あなた、ひめちゃんに会ったのね。可愛かったでしょう、ひめちゃん。素晴らしいでしょう、選ばれた人間にしか見えないのだから！」

うっとりした表情でそう繰り返す彼の母が言う〈ひめちゃん〉とは、昨晩宙に浮いていた白い童女のことだろうと察しがついた。

彼の父親に〈これで安藤家も安泰だ〉と抱きつかれ、頬ずりまでされたときには思わず吐き気を催したという。

なんとか安藤一家の勧誘を振り切って帰宅した環さんだったが、事態はこじれた。

別れるつもりで安藤氏の連絡先をブロックリストに入れ、無視しているうち彼女にストーカーがついた。

ストーカーの正体は環さんの元彼氏、安藤氏その人だった。

そのころ環さんはセキュリティの厳しい女子学生限定物件に入居していたため、自宅への押しかけこそはなかったが、毎日のように女子大の門前で待ち伏せされて復縁を迫られるなどの被害を受けた。

「交番に相談しに行っても、〈安藤家の息子さん〉が相手だとダメなのね。〈巡回します〉って言うだけで何にもしてくれない。でも、蓼《たで》食う虫も何とかってことがあって」

激しく環さんをストーキングする安藤氏のことを、〈恋に一途で純粋な男性〉と好ましく思う女性もいたのだという。

その女性、舞さんは、環さんと同じ大学の学生だった。

憂い顔で門前に立つ安藤氏に一目惚れしたのだと彼女は環さんに打ち明けてきた。

〈どうして彼の愛情に応えてあげないの、あんなに思われているのに〉

〈あなたは理想が高すぎる。できることなら私が安藤さんと付き合いたい〉

などと舞さんに言われるうちに、つい魔がさしたのだという。

「あいつ、何度ブロックしても新しいアカウントで連絡来るし、キリがなくっていい加減うんざりしてたから、私もイラッとしてたんだ」

そんなに同情するのなら、こいつがあいつとくっつけばいい。新たな交際が始まれば、自分へのストーカー行為は収まるだろう。

そんなことを思いついてしまった。

幸いと言っていいのかどうか、環さんは安藤家の嫡男と結婚するための条件を知っている。交際前に離れに泊まり、〈夜、白い童女を目撃したので眠れなかった〉とさえ告げれば良いのだ。

「だから、舞にみっちり教え込んでけしかけた。もちろん、私から聞いたってことは絶対に内緒って条件で」

舞さんは言いつけを守り、安藤氏にアタックした。その後、彼女は無事に彼ら一家のハートを射止めたらしい。

ストーキングがぱたりと止んだので、環さんはそういうことなのだと思っている。

環さんは、安藤氏との交際を薦めるにあたって舞さんと絶交している。それは、舞さんに入れ知恵した事実を隠ぺいするためだ。

「もともと私と舞は親友というほど仲良くもないし、学年は一緒だけどサークル違うから、バレないと思うんだけどね。念のため」

　復縁を迫る際に安藤氏は〈僕らはひめちゃんに選ばれた貴重な人間なんだよ、頼む、ひめちゃんの相手をしてくれないと恐ろしいことになる〉と熱に浮かされたような瞳で語った。

「家の神に奉仕するだけの人生が、純愛だなんて笑わせるよね」

　今年の六月、舞さんは安藤氏と結婚するというもっぱらの噂だ。

「舞もアレが見えたんだったらそれで良いし、見えなくて嘘をついてるんだとしても、見えない女があの家に嫁いで何が起きるのか、私は知ったこっちゃないんで」

　地域をあげての、さぞや豪華な式になるだろうけれども、環さんに出席するつもりはないそうだ。

集団自殺

あなたはこんな話を、聞いた事があるだろうか。

ある村で十五年ほど前に起こった出来事だという。

夏のある朝、女性がタケノコ採りに竹林へ出かけた。必死に地面を掘り起こしていると、周辺の竹がゴーンゴーンと低い鐘のように鳴り始めた。何事かと驚いて見上げてみれば、竹のすきまから見える空が黒くなるほど大量の鳥が、ものすごい勢いで飛び回っていた。鳥たちは速度を緩める事もなく次々に竹へぶちあたり、跳ね返るように地面へ落ちていく。唖然としながら見守っていたわずか十分程度のうちに、数十羽の鳥がその場で死んだ。

女性は慌てて村へ戻ると、皆にいま見たものを告げた。現場を目撃した人々のなかには「役場か保健所へ届けたほうが良い」と主張する者もいたが、多くは「変な噂が立っては困る」と公表を拒み、その結果竹林は「私有地につき立ち入り禁止」の札が貼られ、誰も入れないようになってしまった。

今も竹林では、時たま低い鐘のような音が聞こえる事があるという。

「侵入禁止になっている全国の山のいくつかでは、うちの村と同じ事が起きているんじゃないですかね」と、女性は推測しているそうだ。


動物がまるで集団自殺のような形で大量死する事例は、世界中で報告されている。

スコットランドにあるオーヴァートンという橋では、散歩中の犬が橋の下へダイブして亡くなる事故が毎年のように起きている。犬が投身するのは決まって橋の右側で、過去五十年のあいだに五十四匹以上がこの場所で命を落としているという。

橋の下に棲むリスやミンクが発する匂いにつられて落ちるのではと考えられているが、原因は解明されていない。


スイスの村では二〇〇九年、乳牛が次々と切り立った崖から数百メートル下へ身を投げ、わずか三日間のうちに二十八頭がほぼ同じ場所で死んでいる。

村はアルプス山脈中腹に位置する静かな場所で、周囲には断崖絶壁がそこかしこにある。だが、これまで一度も家畜が落ちた事などなかったという。専門家によれば、年老いたり病気にかかったりした牛が誤って滑落するケースはまれにあるが、このように限定されたエリアで数十頭が身を投げる事例は、きわめて珍しいそうだ。

トルコでは二〇一七年に、七十九頭の羊が崖から一斉に飛び降りて死亡した。羊飼いの証言では、一頭が崖下へと身を投げた直後、残りの七十頭以上があとを追うように次々と落下していったという。同様の事故は二〇〇五年、二〇一〇年にも同国で発生している。二〇〇五年の事例ではおよそ千五百頭が死んだ。いずれも原因はわかっていない。

インドにあるジャティンガという村は、鳥たちが集団自殺を敢行する事で有名な場所だ。

最初に記録されたのは一九〇〇年代はじめ。サギやカワセミなどおよそ四十種の鳥が、周辺の木や家に激突して死ぬのである。時期は決まって九月から十一月まで。この地域に住む鳥だけではなく、遠方からわざわざやってきては死を選ぶ鳥も少なくない。

世界中の研究者が集団自殺の原因を究明するため村を訪れているが、現在までにこれといった明確な理由は判明していない。この現象を恐れて村を離れる者も多く、村の人口は年々減少しているという。

気になるのは、似たような事件が二〇一八年に連続して起こっている事だ。カナダでは数十羽の鳥が地面へ突き刺さるように落下し、激突死した。スロベニアでは百羽以上のユリカモメが、ローマでは数十羽のムクドリが、アメリカのアイダホではガチョウが地面に身を投げて大量死している。いずれも原因は不明のままである。

動物たちが絶望するほどの何かが、地球で起きているのだろうか……。

カジノの奇妙な噂

日本も近い将来、ラスベガスやマカオ顔負けのカジノ大国になる可能性が高くなった。そんなニュースを聞くたび私は新たな噂の誕生を期待してしまう。ギャンブルほど迷信やジンクスと相性の良い世界はないからだ。

例えばアメリカのカジノでは、五十ドル紙幣での支払いを拒否する利用者が異様に多い。ギャングたちの間で「殺した相手のポケットへ五十ドルの請求書を入れる」という慣習があるため、五十ドル紙幣は不運の象徴とみなされているらしい。

またラスベガスの有名なカジノ、ＭＧＭは巨大なライオンの頭部が入口になっており、利用者は猛獣に飲み込まれるような形でカジノの店内へ入っていく。しかし近年になって、このカジノ名物は撤去されてしまった。中国の富裕層から「獅子に食べられるというのは風水的に縁起が悪い」と敬遠されたおかげで撤去を余儀なくされたのだそうだ。

怪談的な迷信では「カジノのテーブルに砂糖を少量盛ると大勝ちする」という中国

発の験担《げんかつ》ぎがある。中国では「賭博場には赤ん坊の幽霊が集まる」と信じられており、彼らを喜ばせられれば幸運に恵まれるのだという。

いずれも非科学的なものばかりだが、これらを笑い飛ばせるギャンブラーなどいない。賭け事の世界では荒唐無稽で奇妙な噂ほど、人の心を惹きつけるのだ。

最も有名なカジノの噂を挙げるなら「酸素」になるだろう。

ラスベガスにあるカジノは、室内の酸素濃度が高くなるよう設計されているのだという。それによって眠気を遠ざけ、疲労感を軽減し、一分一秒でも長い時間、利用客をカジノにとどまらせるのが目的なのだそうだ。いわば巨大な酸素カプセルといったところだろうか。ラスベガスは「眠らない街」ならぬ「眠らせない街」だったわけだ。

この説が嘘だと主張する者は多い。ある否定論者は「高濃度酸素を無自覚に吸入させる行為は違法に当たる」と、その理由を述べているが、拝金主義が横行するカジノで法律が優先されるか疑問は残る。また、別な否定論者は「ラスベガスの賭博委員会は、定期的に各カジノの酸素レベルをテストしているから、違法は起こりえないのだ」と言っている。「定期的に検査しているのが何よりの証拠では」と思うのは、素人の考えなのだろうか。

ちなみにこの話は、『ゴッドファーザー』の原作者として知られる作家マリオ・プーゾの長編、『愚者は死す』にも登場する。裏社会へ綿密な取材をする事で有名な作者が、単なる噂を書き綴るとも思えないのだが……さて、真相はいかに。


カジノに雇われているのはディーラーだけではない。ラスベガスに詳しい人物によれば、公にならない「ある人物」が、カジノグループに雇用されているらしい。

その人物とは、物腰の柔らかな初老の紳士。彼はベガスの路上で立ち尽くしていたり、飲んだくれているような人間に近づいては「どうしましたか」と優しく声をかけ、愚痴を聞いたり、時には酒をおごってくれるのである。

もちろん善意ではない。彼らの任務は「自殺防止」なのだ。

ベガスを訪れた者の中にはギャンブルで全財産を失い、悲観にくれて自ら命を絶とうとする人間が少なくない。しかし、あちらこちらで死なれてはカジノのイメージがますます悪くなる。そこでカジノは「紳士役」のエージェント（元諜報部員だとも、心理カウンセラーだとも言われている）を雇い、死を選びそうな人間をこっそり癒してやるのだという。

この事を教えてくれた人物によれば、紳士に出会う方法はたったひとつ。人生が終わるほどの金をベガスで失う事だそうだ。

「そうすればカジノから紳士に連絡が入り、そいつを尾行するのさ」

まんがいち紳士が間に合わず、自殺してしまっても問題はない。カジノは「そちら」のプロも雇っているという。どこで亡くなっても死体は秘密裏に処理され、カジノに影響が出ない場所で発見される事になっているらしい。とはいえ街中へ死体を放り出すわけにもいかないのではないか。そんな私の疑問を、彼は笑って否定した。

「ベガスがどこにあると思う？　砂漠のど真ん中だぜ。どんな厄介なゴミだって、棄てる場所には困らないんだよ」

先に記した二つはあくまで噂として語られている話だが、カジノの闇を実感するような真実も存在する。

二〇〇七年、州政府運営の賭博管理企業「オンタリオ・ロッテリー・ゲーミング」

は、サブリミナルメッセージが隠されていたとして、州のカジノにあったおよそ八十台以上のスロットマシンを撤去している。このマシンは「大当たり」を連想させる信号が数秒毎に点滅するよう仕組まれており、これによって利用者は無意識のうちに勝利を予感し、結果そのマシンで遊ぶ時間が長くなるのだという。開発業者は「単なる表示エラーだ」と否定しているが、その主張が受け入れられたという続報はない。

潜在意識にイメージを投影するサブリミナルは、効果の有無が長年にわたり議論の的となっている。近年は「映画などで描かれるような劇的な効果はない」との説が有力だが、賭け事で平常心を失った状態でも、果たしてそのように言いきる事は可能なのだろうか。

我々が直感や霊感と呼んでいるものが実は操作された感覚であるとしたら、なかなかに恐ろしいと思うのだが。

最後に、嘘のような本当の話を紹介しよう。

二〇〇八年、「ロビン・フッド702」なる人物がラスベガスのカジノで話題になった。

発端は、ある若い夫妻だった。彼らの三歳になる娘は脳腫瘍を患っていたが、夫妻には当時三万ドルもの借金があり、これ以上我が子を治療できる状態になかったのだという。

そんなある日、見知らぬ男性からかかってきた電話が家族の運命を一変させる。電話の男は「あなたたちは選ばれました」と言い、まもなく迎えがやってくると告げたのである。彼の言葉は本当だった。時を置かずに家の前にリムジンが停まり、夫妻を空港まで送るとラスベガスまでの航空券を手渡した。もちろん座席はファーストクラスだった。

ベガスに到着するや二人は高級ホテルまでロールスロイスで送られ、そこで電話の主と対面する。待っていたのは白人の男性。彼は自分を「ロビン・フッド702」と名乗った。ロビン・フッドは伝説の義賊、702はラスベガスの郵便番号である。驚く夫妻を連れ、ロビンは巨大カジノへと向かい、何と一晩かけてブラックジャックで大勝したのだ。

男性がゲームを終えた時、手元にあった金額は三万ドル。夫妻の借金と同じ額だった。それらを全て夫婦に手渡すと、彼はどこへともなく消えていったという。

おとぎ話のようにしか思えない話だが、何とこの「ロビン・フッド７０２」、ニュースのインタビューにも登場しており（顔は逆光で隠されていた）、「どうしてこのような行為をするのか」というリポーターの問いに対し、「ギャンブルというダークサイドから得た金で人を救いたい」と答えている。その言葉を証明するように、二〇一〇年には末期のガンに冒されながらも家族のために働いていた男性へ数万ドルを手渡している。

近い将来、日本に巨大カジノが建設されれば「ロビン・フッド７０２」が来日する事もあるかもしれない。

その時はぜひ、奇妙な義賊をこの目でたしかめてみたいものだ。

死者は屋根裏がお好き

世界の奇妙な出来事を調べていると、屋根裏から死体が見つかったという事件の多さに驚く。手近で隠しやすい事が理由だろうが、死者は屋根裏がことのほかお好みのようだ。その多くは単なる死体遺棄事件だが、中には目を疑う奇妙な事例もある。

二〇一〇年、フランスにある邸宅の屋根裏で信じがたい品が発見された。ミイラ化した人間の頭骨である。おまけに発見後、この頭部は「さる偉人ではないか」との噂が立った。

その偉人とは、アンリ四世。フランスのブルボン朝を開いた国王で、プロテスタントとカトリックの「ユグノー戦争」を終結させ、フランスを統一した人物として知られている。

アンリ四世は一六一〇年に狂信的なカトリック信者に刺し殺された後、フランス革命の際に墓所のサン・ドニ大聖堂から死体が盗まれ、ズタズタに切断されて以降は所在が分からなくなっていた。今回屋根裏から見つかった頭骨こそ、そのアンリ四世のものだというのだ。

調査の結果、頭骨は一九一九年にモンマルトルの骨董商が購入した品で、その後に彼の妹が譲り受け、さらに別な人物へ転売されていた事が判明。さっそく政府は専門家による調査チームを設け、頭骨の正体を鑑定した。傷跡やほくろの位置を調べた結果、頭蓋骨はまぎれもなくアンリ四世のものと断定された。こうして二百年余りの放浪を経て、頭骨は二〇一一年に大聖堂へと戻されたのである。

ところがこの説に異論を唱える者が現れた。二〇一三年、ベルギーの遺伝学者が発表した論文によれば、この頭骨に残っていたＤＮＡと王家の子孫のＤＮＡを検査したところ、染色体が一致しなかったというのだ。つまり、この論文が真実であれば屋根裏の頭蓋骨は赤の他人のものだった事になる。では、彼（彼女かもしれないが）はいったい誰なのか。

頭骨の正体は、今も謎のままだ。

長らく保管されるせいか、屋根裏の死体はミイラ化しているケースが多い。

二〇一三年、ドイツに住む十歳の少年が、自宅の屋根裏部屋で巨大な石の棺を発見した。石棺を開けてみると、中に入っていたのは何とミイラ化した死体だった。警察が調査した結果、ミイラは彼の祖父にあたる人物が過去にアフリカで手に入れたものだとわかった。

副葬されていた豪華な装飾品などから「未発見の貴重なミイラでは」と期待されたが、残念ながらミイラに巻かれていた布は二十世紀の織物で、さらに首から下は医学部などで使われるプラスチック製の胴体だと判明。観光客向けの粗悪な土産物だったのである。

とはいうものの、頭骨をはじめとするいくつかの部位はまぎれもない本物の人体で、さらにCTスキャンで左目の眼窩《がんか》から矢が突き出している事が分かった。つまり、この人物は弓矢で射ち殺されているのだ。無残に殺害された後に土産物として加工されたとすれば、ある意味、本物のミイラよりも恐ろしいように思えるのだが……。

同じ二〇一三年にはイギリスで、民家の屋根裏から猫のミイラが見つかっている。この猫ミイラのほうは古代エジプトで作られた本物だった。発見者の父はエジプト考古学者で、一九七〇年代に博物館から譲渡されたのである。レントゲン撮影の結果、この猫は高貴な人物の飼い猫で、死後に手厚く葬られた事が判明。発見者は博物館へ寄贈したという。

二〇一五年にはアメリカで、祖父宅の屋根裏部屋を掃除していた女性が、指輪だらけのミイラ化した手を発見している。手の周辺にはスペインやポルトガルの古い硬貨、八十年以上も前の地図が収められていた。

女性によれば、彼女の曾祖父は「十八世紀にタンパ湾を制圧した海賊ホセ・ガスパルの隠し財宝を発見した」と話していたのだという。つまりミイラの手は伝説の海賊のもので、地図は財宝のありかを示したものである可能性が高いのである。ロマンあふれる話だが、残念な事に続報はまだ届いていない。

こちらはロマンどころか、恐怖に満ちた出来事だ。

二〇一七年、南アフリカの病院で六十一歳になる入院患者の男性が行方不明になった。

看護師が巡回していた二、三分の間にベッドから忽然と姿を消したのである。

当初は脱走したかと思われたが、男性は開腹手術を受けたばかり。自力で動ける状態ではなかった。通報を受けた警察がすぐ駆けつけ、病院のあらゆる箇所が捜索されたものの、男性の足取りは全く掴めなかった。

彼が見つかったのはそれから二週間後。病室から数階上に位置する屋根裏で工事をしていた作業員が、男性の腐乱死体を発見したのである。

奇妙な事に屋根裏は「完全なる密室」で、自殺であっても殺人であっても誰かが入る事は不可能だった。おまけに先述のとおり男性はとうてい動けるような状態ではなかったのだ。では、彼はどうやって密室の屋根裏に移動したのだろうか……。現在も捜査が続いているが、進展は無いそうだ。

最後に、あなたはこんな話を聞いた事があるだろうか。

工事業者の男性が昨年、家主が死んだ一軒の古民家を解体する事になった。重機で屋根を剥がしていると、剥き出しになった屋根裏から無数の紙切れがヒラヒラと空中に舞い始めた。昔の紙幣ならば儲けものだと思った男性は重機を止め、紙を回収しに走る。しかし、残念ながら紙はお札《さつ》ではなかった。

舞っていたのは全て手紙だった。和紙に筆で書かれたものや便箋に几帳面そうな文字で綴られたものなど種類は様々で、記されていた日付も大正から昭和までバラバラ、書いた人間もそれぞれ違う人物だった。唯一、共通していたのは文面。

手紙は、ひとつ残らず遺書だったのである。

屋根裏を確認すると、断熱材のように遺書が敷き詰められていた。十や二十ではない。飛んでしまったものを勘定に入れれば三桁はくだらない量の手紙があった。

同一人物が書いたならばともかく別な人間の遺書を、しかもこれほどの数を、いったいどうすれば手に入れられるのか。持ち主は何のためにこんなものを集めていたのか。

結局、何も分からないままで解体作業は終了した。遺書はそのほとんどが、屋敷の跡にまだ散らばっているはずだという。

百年前の男

タイムスリップは、マンガやアニメだけの絵空事ではないのかもしれない。そう思える奇妙な事件が時に世間を賑わせる。例えば、このような。

一九五〇年の六月。日が暮れたニューヨークの繁華街を、奇抜な格好の男が取り乱した様子で疾走していた。緑色のシルクハットに、初夏とは思えぬ厚手の黒い外套。そして、見るからに上等な生地で仕立てたベスト。さながら、前世紀の貴族のような服装である。

目撃者の多くは彼を「映画のエキストラだろう」と思っていた。どの服もおろしたてのように真新しく見えたからだ。だが次の瞬間、人々は彼がエキストラではない事を知る。突然、男は路上へ飛び出すと、走ってきたタクシーに轢かれ、死んでしまったのである。

それだけならば、この出来事は大都会でありがちな奇人の災難として終わったはずだ。しかし、話はこれで終わらなかった。

警察が衣服の仕立て具合を調べたところ、帽子も外套もベストも前世紀の布である事が判明。おまけに財布の中の綺麗な七十ドル紙幣も、やはり百年近く前のものだったのだ。さらに調べると、男のポケットには馬車の洗車代を書き留めた請求書や「ルドルフ・フェンツ」という名前の名刺、そしてフェンツ宛ての手紙が入っていた。そこに押されていた消印は、何と一八七六年のもの。つまりタクシーに跳ねられて死んだ奇妙な男は、本当に百年前の人物だったのである。

懸命な捜査の結果、一人の警官が一九三九年発行の電話帳に同名の人物を発見した。まだ使用されている番号へかけてみたところ、電話に出たのはフェンツ二世の未亡人を名乗る女性だった。驚く警官に向かって、彼女はさらに信じれらない言葉を述べる。

「私の義父フェンツは、一八七六年にタバコを吸うため外出したまま行方不明なんです」

その後、十九世紀の失踪者リストにルドルフ・フェンツの名前が見つかった。時空を超えた男の最期は、あまりにも呆気なく、哀れなものだったのである……。

さて、この物語は長らく真実だと思われてきた。

ところが調査の結果、この話は作家のジャック・フェネイが一九五二年、短編小説集に寄稿した作品であると判明する。つまりフィクションだったというのだ。一説によれば、後年になって紹介された際「フィクションです」という注釈が抜け、いつのまにか事実として一人歩きした結果なのだという。

何とも拍子抜けする真相だが、にもかかわらず「いや、ルドルフ・フェンツは実在の人物だった」という主張する者は現在もあとをたたない。不思議なことにこの奇妙な物語は人の心を惹きつける何か、デマだと笑い飛ばせない予感を秘めているらしい。

そして、その漠然とした予感は間違いではなかったようだ。

家系図作成サービスをおこなう米のアンセストリー社は、一九四〇年の国勢調査票に「ルドルフ・フェンツ」という名前を見つけたと発表。さらに、別な研究者はベルリンのニュース記録を調査、ジャック・フェネイが発表する一年前に「ルドルフ・フェンツ」の事件を紹介したコラムが存在したと発表している。

時空を超えて死んだ「百年前の男」は実在するのか、それともやはり虚構なのか。

議論は現在も続いている。

あまりにも悲惨な死

二〇一九年の初めに刊行した『実録都市伝説～世怪ノ奇録』に「あまりにも〇〇な死」という、古今東西の不運に満ちた死にざまや皮肉めいた死にざまを複数話掲載した。ページ的制約により限られた数しか紹介できなかったので、取りこぼした幾つかの死をここに載せてみたいと思う。とりわけ、自分であれば絶対味わいたくない、本書タイトルにふさわしい悲惨な最期を選んでみたつもりだ。

スウェーデンの著名な詩人、ダン・アンダーソンは一九二〇年、ストックホルムのホテルの一室で中毒死している。しかし彼は毒物で自殺したわけではなかった。前日にナンキンムシを駆除しようと殺虫剤を撒いたホテルの従業員が部屋の空気を入れ替えなかったため、猛毒のシアン化水素が室内に残留。何も知らぬ作家はわけが分からぬまま悶え苦しみ、悲惨な死に追いやられたのである。

シカゴの女性演劇監督、マーゴ・ジョーンズも奇妙な中毒死で命を落としている。一九五五年、ジョーンズは友人を招いた自宅でのパーティー中、誤ってカーペットに塗料をこぼしてしまう。彼女のアシスタントは慌てて洗剤で汚れを洗い落としたが、実はこの洗剤には有毒の四塩化炭素が使われていたのである。

そんな事とは露知らずにジョーンズは眠り、まもなく四塩化炭素から発生した有毒ガスを吸い込んで腎不全を引き起こした。発見された時には、すでに手遅れだった。彼女は七日間も苦しんだすえに亡くなるという、まことに悲惨な死を遂げている。

パーティー絡みでは、他にも奇妙な死が報告されている。

一九三九年、フィンランドのホテルでおこなわれていたパーティーの最中、女優のシルッカ・サリは友人たちと悪ふざけをしにホテルの屋根までこっそりと上がった。屋根の上には梯子《はしご》のかかったバルコニーが見えた。ここに登って夜景を見ようと、シルッカは梯子を登り、そしてそのまま十数メートル下まで落下した。

実は彼女がバルコニーだと思っていたのは巨大な煙突で、真下ではボイラーの炎が赤々と燃えさかっていたのである。シルッカが焼死という悲惨な最期を迎えたのか、それとも幸運な事に落下による即死だったのかは、記録には残されていない。

一九三〇年、アメリカのサン・クエンティン州立刑務所でウィリアム・コグートという一人の死刑囚が、あまりにも奇妙な自殺を遂げている。

彼は持っていたトランプの赤い部分を引きちぎって大量に集め、それに水を含ませ柔らかくしたものを鉄パイプに詰めてコンロで熱し、筒先を自分の頭に当てたのだ。当時、赤インキにはニトロセルロースという化合物が用いられており、湿らせると強力な可燃性を持つ事が知られていた。つまり、コグートは鉄パイプの内部に大量の火薬を詰めたのである。熱されたパイプは内部に充満した圧力によって暴発、ニトロセルロースの爆発力も手伝い、無残にも死刑囚の頭を吹き飛ばしたというわけだ。

彼は絞首刑の予定だったが、どうしても縊死《いし》を受け入れられなかったのだという。首吊りより爆死を望むという、常人には理解しがたい悲惨な死の選択である。

同じ自殺でも、次に紹介するのは爆薬も何も使わない「静かな死」だ。

二〇〇五年、イギリスの森林で犬を散歩させていた婦人が、白骨死体を発見する。死体は当初、他殺だと思われていた。死体の腕が樹木に手錠で繋がれていたからだ。ところが警察が捜査したところ、何と自殺の可能性が浮上したのである。

亡くなったのは四十代の芸術家で、長らく精神疾患に苦しんだすえ三年ほど前から行方不明になっている人物だった。どうやら彼は意を決してこの森へと入り、手頃な樹木と自分の手首を拘束したのちに鍵を遠くへ放り投げ、静かに死を待ったらしい。

だが、思惑に反し、その最期は悲惨なものであったようだ。さらなる調査の結果、彼が繋がれていた樹木には、無数の傷跡が残されていた事が判明。つまり男性は死を待つうちに心変わりを起こし、何とか生き延びようと試みていたのである。不幸にも彼が放り投げた鍵は手が届かない距離に転がっていた。哀れな芸術家は、誰もいない森の中で、気が狂うほどの時間を絶望に襲われながら死んだのである。

最後は、プロも認めた「悲惨な死」を。

二〇〇二年のクリスマス、ニューヨークに住むバーテンダーの青年は友人と喧嘩になった挙句、蓋が開いていたマンホールの奥めがけて投げ飛ばされた。

奇跡的に彼は無傷だったが、駆けつけた救急隊も消防士も彼を救助できなかった。落ちた穴の底に流れていたのは下水ではなく沸騰した熱湯で、そのため内部の蒸気が三百度にも達していたからだ。

こうして男性は死亡の直前まで、熱湯と蒸気の中で悲鳴をあげながら生き続けた。四時間後、ようやく引き揚げられた死体の温度は百二十五度もあったという。検視の結果、男性の死因は喉が火傷で腫れ上がった事による窒息死だと判明。つまり、絶命するその瞬間まで彼は意識があったのである。監察医はニューヨークポストの取材に「私がこれまで見たうちで最も奇妙で、最も悲惨な死に方だ」と述べている。

散歩

セキネさん夫婦に子供はいないが、大事な家族としてサスケという大型犬がいる。ふたりとも働いているので、朝の散歩はセキネさん、夜はセキネさんの帰りが大概遅いので奥さんが行くようにしていた。

ある朝急に奥さんが、夜の散歩に行きたくないと言い出した。

理由は言わない。なんか嫌なの、とだけ言う。

朝晩の散歩はサスケにとって何よりの楽しみ。それが一回になるのは可哀想だ。かといって夜中に帰ってから出かけるのはちょっとキツい。

とりあえず今夜帰ってから聞くよ、言いおいて先に家を出た。

その晩、やはり帰宅は夜中である。

奥さんは寝室から出てこない。サスケは玄関でセキネさんの帰りを待っていた。

「ああー。散歩行ってないんだ」様子でわかった。

なんだよいったい、そうひとりごちた。とりあえず外に連れて行ってトイレをすまさせようと、セキネさんは着替えもせずにサスケを連れて家を出た。

「家の周りをひと回りするだけで今日はかんべんな」

声を聞いてか、サスケが勢いよくいつもの散歩コースと反対方向に走り出す。張られたリードももどかしく、首輪が喉に喰い込んで妙な詰り声を立てながらも必死で先を急ぐ。

「なんだよ。夜のコースはまた別なの？」

大型犬の力に振り回されそうになるのを必死で抑えながら、小走りでサスケの行く道をついていく。

ふと一軒の家の前でサスケは立ち止まった。門に顔を押し付け、真っ暗な家に向かって切なげな声を上げる。

夜中の閑静な住宅街である。迷惑になると思いあわててリードを引っ張り門扉から引き離そうとするが、サスケは頑として動かない。野良猫でもいるのか、別の犬の臭いがするのか。

「おい、どうしたんだよいったい」

小声で言い聞かせるが、サスケはさらに甘えた声をあげ門扉に身を摺り寄せる。

まずいなあ、と思いながら改めてその家を見ると、表札がない。

あれ、空き家？　こんな近所にいつの間に？　前はどんな人が住んでいたっけ？

そんなことを思っていたら、サスケが「ワンッ」と吠えた。

慌てて胴体を抱きしめて、犬の目線で門扉の奥を見た。

その家と隣の家との隙間の真っ黒の暗がりに何かが動いている。

目を凝らす。

一本の白い腕が、おいでおいでをしている。

人がいる。

いや、腕の出ている高さも、その長さも尋常でない。そして腕の奥には――人の体はない。

その場を離れまいと踏ん張るサスケをなんとか引きずり、セキネさんはそのまま家に連れ帰った。

帰ると奥さんが起きていた。

「ごめんね、いつも、どうしても、サスケがあそこに行っちゃうの。私の力じゃ連れて帰れなくて。誰かが通りかかってくれたら消えるからサスケも動くんだけど――」

ひと気のない道で、誰かが通るまで暗がりの中にいる小柄な奥さんを思うと、さすがに夜の散歩はやめてくれ、と言うしかなかった。

ということで、しばらくはセキネさんが夜の散歩も行くことになった。

後に聞けば、あの家で三ヶ月ほど前に、ひとり暮らしの未亡人が自殺をしたのだという。セキネ夫妻にとって、見ず知らず、何の関係もなかった人である。

犬を飼っていたとも聞かない。

そんな家に出る奇妙な腕に、なぜサスケが懐いているのかはわからない。

サスケの気が他の場所に向くまで、無理やり別の道を散歩させているというが、まだ忘れられないらしい。

退院

ヤスコさんの五歳の娘が肺炎を起こして入院したのだという。

三日後、退院のために部屋で着替えの片づけなどしていると娘が言う。

「この子も連れて行ってもいい？」

誰のこと？　病院でお友達ができたの？

「この子、ずっと寝たままなの。連れて行ってもいい？」

空のベッドを指さして言う娘に首を捻っていると、入ってきた看護師がにこやかに言う。「この部屋、女の子なんかいませんから、誰も見えませんから」

妙な空気になったところで、娘の手を引いて急いで病室を後にした。

そして家で娘が言う。家族そろって寝ている家のベッドにいい、るのだと。

「あの時病室で、連れて行けないよと、なんで娘に言わなかったのかしら」

ヤスコさんは途方にくれている。

梅園

その春、梅園で有名な寺に花見に行こうとミキさんはご主人とともに、知り合いのオノさんご夫婦を誘った。梅はきれいだった。来年もぜひ行きましょう、と言っていたが、翌月にオノさんのご主人が急逝した。

翌年の春、今年の梅にはオノさんは誘えないね、ということで、クドウさんご夫妻と行くことになった。梅はやはりきれいで、来年もご一緒しましょうと約束した。その翌週、クドウさんのご主人が亡くなった。

仲の良かったご夫婦に相次いで不幸があり、次の年の春、ミキさんご夫婦は誰も誘わず、ふたりで梅を見に行った。その翌日、ご主人が急に倒れて亡くなった。

偶然とは思いますが、と四十九日を終えたミキさんは声を詰まらせながら話してくれた。

最期

死を目前とした人を見ると、影が薄いとか反対に黒いとか違った色に見えるという話を聞くことがある。ヨウコさんによると、頭がすっぽりと金色に包まれている人は、かなり近い将来に亡くなるという。

海外での仕事が多いヨウコさんは、ある移動日に飛行機に乗り込んだ瞬間、あれ？と思った。金色のベールに包まれた人間が機内のあちこちに見える。首を捻りながらシートに着席した。しかしこの時点でベールに包まれた人間が多いということは……。

体調が良くないから降りる、と客席乗務員に伝えると、相手に口を挟む隙も与えずに席を立った。一緒にいたアシスタントもピンときて急いで後を追った。

かくして、その便が乗客全滅ではなかったが多くの死亡者を出したと報道されたのは数時間後のことだった。

金色に包まれた人のこと、誰もがそう見えているのだとずっと思っていた、とはヨウコさんの弁。当たり前に見えている人には見えないことの方が不思議なのだと笑う。

誕生日

見えるという人ではないが、妙な特技を持つ人に会った。様々な企業のコンサルタントをしているトキコさんは、クライアントや仕事で会う相手の生年月日をすべて覚えている。昔から、なぜか人の誕生日だけは記憶に残るのだという。

そんなトキコさんだが、どうしても相手の誕生日が思い出せない、ということがたまにある。ど忘れである。そして、そういう相手は――。

近い将来に亡くなるのだという。

「それに気がついたのが秘書の子。打ち合わせの後や会食の後で、あの人の誕生日忘れちゃった、と言っていたら、後日お葬式のファックスが来たりする。何度もそういうことがあったらしく、私のど忘れ状況をチェックしていたら――」

今のところ百パーセントで、トキコさんにど忘れされた人は亡くなっている。

何の役にも立たないわよ、まさか相手に、誕生日忘れちゃったのであなた死にますよ、なんて言えるわけないし――そう言ってトキコさんは肩をすくめた。

夜焚き

「四、五年くらい前かな。仲間とふたり、北九州の漁港でイカ釣り船に乗ったんだ」

木村さんの趣味は、魚釣りである。

年中、気の合う仲間と連れ立っては、日本各地で様々な釣り船に乗るのだという。

「そのときは、夜焚き釣りと言ってね。海面を漁火《いさりび》（集魚灯）で照らしてイカ釣りをする船に乗ったんだ。地方によっては、夏の風物詩と言われている漁法なんだけど」

木村さんが乗った釣り船は、夕方近くに出港し、日没を見て集魚灯を点灯した。

それを合図に、釣り客たちが一斉に仕掛けを落とし始める。

「それが、あの日は大当たりでね。ヤリイカだけで、百匹は釣れたんじゃないかな？友達なんか『こんなに食い切れない』って、途中で竿を下ろしたくらいだったよ」

まさに入れ食いの状態で、終了時刻を待たずして船頭が「もう、十分だろ？」と、釣り客たちに帰港を促したほどだった。

十分な釣果を得ていた木村さんたちに、特段の不満はない。

「じゃあ、そろそろ出すから」

スピーカーから船頭のアナウンスが響き、〈バチン〉と集魚灯の明かりが落とされた。

――漁火の反射を失った海面に、青白く光る目があった。

その双眸《そうぼう》は、海の中から木村さんを〈じっ〉と見詰めていたという。

隣で友人が「うぇえっ」と、頓狂な悲鳴を上げた。

まっすぐ見据えられた木村さんは、黙って見詰め返すことしかできない。

だが、釣り船が動き始めると、慌てて船頭に〈海中に目がある〉ことを説明した。

しかし、船頭は「そりゃ、夜光虫だよ」とそっけなく言う。

見返しても航跡《こうせき》が闇に沈むばかりで、渺々《びょうびょう》たる海原に、もはや何の異変もない。

「でも、あのとき海中にいたのは、人だったような気もしているんだよ。と言うのはさ、イカを釣っている間中、居心地が悪かったと言うか」

――ずっと、監視されているような視線を感じていたのだという。

その日に釣ったイカは、自分で調理した後、すべて知人に配ってしまった。

自分では、一切れも食べなかったそうだ。

猫だっこ

先日、知人から紹介された優子さんは、大の甘いもの好きな女性である。

メディアで新しいスイーツ店が取り上げられると、必ず一度は食べに行くらしい。

そんな優子さんが、つい最近体験した話を教えてくれた。


「その日は、世田谷にあるベーカリーに行ったの。そこの菓子パンが絶品だって聞いてね。友達も誘ったんだけど、予定が合わなかったから、ひとりで行くことにしたわ」

店の前で待機列に並びはしたが、さほど待たずに入店することができたという。

大勢の客で賑わった店内には、焼けたカラメルの甘く香ばしい匂いが漂っている。

様々な菓子パンに彩られた棚は、展示された宝飾品を見るようで、目にも楽しい。

優子さんは心弾ませながら、好みの菓子パンをトングで抓《つま》んだそうだ。

「ホントに、どのパンも美味しそうで……選んでいるうちに、その場で食べてみたくなっちゃったのよ。その店って、レジの向こうにお茶も飲めるイートインがあってね。

だから、菓子パンの半分は持ち帰りにして、残りを店で食べて行くことにしたの」

もっとも、人気店なだけあって、イートインもかなり混み合っている。

一望した限り、テーブル席は満席のようだ。

ひとまずレジで会計を済ませると、彼女は壁際にあるカウンター席へと向かった。

会計中にちょうどひとり分、席が空いたのを見ていたのである。

〈こういうときは、ひとりのほうが楽ね〉と、席に近づいて――足が止まった。

隣席の女性が、猫を抱っこしていたからだ。

「私ね、子供の頃から猫アレルギーなの。猫の体毛を吸い込んじゃったりすると、くしゃみが酷くなって……」

猫は胸元に抱かれる姿勢で、くりくりとした瞳を女性の肩口から覗かせている。

恐らく血統書付きなのだろう、綺麗なクリーム色のシャム猫だった。

〈猫を連れ込ませるのは非常識じゃない？〉と店員に苦情を言おうとして、やめた。

もしかしたらペット同伴を許している店かも知れないと、思い直したのである。

猫を抱いた女性は、連れ合いと思しき男性を相手に、熱心に話し込んでいた。

仕方なく優子さんは、女性に背を向ける格好で席につき、パンを食べることにした。

猫の毛を吸い込みそうで気が気ではなかったが、だからと言って、折角見つけた空席を易々と諦めるのも嫌だった。

彼女は気忙しく菓子パンを食べ終えると、早々に席を離れることにした。

使ったトレイを返却し、苛立ち紛れに女性をちらりと見る。

そのとき、妙なことに気がついた。

女性は片手にアイスティーのグラスを持ち、もう片方の手でベーグルを食べている。

しかし同時に、猫を抱き続けてもいた。

「あれっ？　と思って。だって、手放しで猫を抱けるはずないし。それによく見ると、抱かれている猫の姿勢も不自然だったから……気になって、凝視したのね」

すると、ふいに女性が向き直り、体の正面を見せた。

胸元に抱かれた猫には——胴体が無かった。

あるのは肩口に乗せた頭部と、前脚だけ。

生きているとは思えない状態の猫が、目を細めて微睡《まどろ》んでいるのである。

〈あれは……一体、何なの？〉

優子さんは驚きのあまり、その場から動けなくなった。

するｔ突然、胴体のない猫が『フ――ッ！』と鳴き声を上げた。

そして、前脚で女性の片手を、いきなり引っ掻いたのだという。

『きゃあ』と短い悲鳴を上げ、女性が片手を押さえる。

血に濡れた彼女の手のひらから、砕けたグラスの破片が零《こぼ》れ落ちた。

「きっと他のお客さんには、あの女性がグラスで怪我をしたように見えたんじゃないかしら……でも私には、猫が手のひらを引っ掻く瞬間がはっきりと見えていたの」

連れ合いの男性が、慌てた様子で席を立った。

どうやら、店員に手助けを求めに行ったらしい。

猫は――女性の肩口に顔を乗せたままで、再び微睡み始めたようだった。

「それから、すぐに店を離れたわ。だから、あの女性がどうなったのか、知らないのよ。もちろん、猫のこともね……ただ、あまり関わらないほうが良さそうな気がして」

思い出したくもないわ、と優子さんは笑った。

吐き気

「案外、平気なもんだよ。そりゃあ、たまにアタることもあるけど」

福田さんは、野生の貝を採ってきて食べるのが趣味という、変わった人である。

浜辺での潮干狩りは言うに及ばず、河川や池、沼地や田んぼであっても、貝が採れる場所ならば、どこへでも骨惜しみせずに出掛けるのだという。

鍋や汁ものにすることが多いが、その場で焼いて食べたりもする。

そのため、貝を採りに行く際は、小型のガスバーナーを持ち歩くほどだという。

「さすがに淡水の貝は寄生虫が怖いからさ、なるべく火を通すようにしているよ」

そんな福田さんが、〈貝を食べて、酷い目に遭った話〉を教えてくれた。


十数年前、彼が静岡で独身生活をしていた頃のこと。

週末に県内の〇〇川の河口付近で、大量に浅蜊《あさり》を採ってきたことがあった。

割と粒の大きめな浅蜊で、早速、夕飯のみそ汁の具にして食べたという。

すると、奥歯に〈がりっ〉と当たるものがある。

思わず手のひらに吐き出すと、くすんだ乳白色の小さな塊《かたまり》がひとつ、噛み潰された貝の身に混ざっていた。

〈なんだ、これ……〉と指先で弄《いじく》ってみたが、砂利や、割れた貝殻ではなさそうだ。どちらかと言うと、古びた陶器の破片に近い質感がある。

「いつもなら砂利が混ざったくらい、どうってこともないんだけど……あのときは、妙に気になってね。他にも入っていないかって、用心しながら食ったよ」

吐き出した異物は、無意識にテーブルの端に置いたっきりで、忘れてしまった。


その日の深夜、喉が焼けるような息苦しさを感じて、目を覚ました。

口の中に、にが酸っぱい胃酸の味がする。

慌てて口元に手をやると、自分が寝ながらに嘔吐していたことに気がついた。

が、吐き戻すほどに酒を飲んだ覚えはない。

すぐに、夕飯で食べた浅蜊のことを思い出した。

「でも、食中毒って感じでもなかったんだよ。吐いているくらいだから、口の中は気持ち悪いんだけど……もう吐き気は治まっていたし、腹の具合も悪くなくてさ」
翌朝、病院で診察を受けたが、「食中毒ではなさそうだ」と医師からも言われた。
胃酸過多による嘔吐《おうと》だと診断され、胃酸を押さえる薬を処方して貰うことになった。
だが、その後も睡眠中の嘔吐が続いた。
もちろん、医師の指示通りに薬を服用しているのだが、一向に良くはならない。
毎夜、決まって午前二時頃になると、強くえずいて目を覚ましてしまうのである。
「ただ、ちょっと違和感もあってさ……吐いたときに、口の中が酷く不快なんだよ。
いや、吐瀉物《としゃぶつ》だけじゃないっていうか……なんか、やけにヌルヌルして」
夜中、吐き気を感じて目覚めても、嘔吐していない日もあった。
だが、それでも口の中に妙な〈ぬめり〉を感じた。
洗面台で何度うがいをしても、なかなか口の中の不快感は拭えない。
その〈ぬめり〉からは、澱《よど》んだ潮溜《しおだ》まりのような酷い臭いがした。
そのうち、〈胃酸過多ではなく、別の病気ではないか?〉と疑うようになった。
「それに、こう毎晩嘔吐が続くと、そのうち気管に詰まらせて窒息するんじゃないか
と不安になってね……そのストレスで、眠りが浅くなっていたとは思うんだ」

ある晩、夜半過ぎに目を覚ました。

〈またか〉と口中を確かめたが、嘔吐はしていない。

ひと安心し、再び微睡み始めて――ツンと、不快な臭いが鼻についた。

甘ったるい腐敗臭が混じった、生臭い潮の香り。

反射的に吐き気を感じて、はっきりと意識が覚醒した。

――だが、体が動かない。

目蓋《まぶた》は開いており、薄暗い部屋の中を見渡すこともできるのだが、なぜか指の一本すら自由に動かすことができないのである。

部屋中に立ち込める臭気は、益々生臭さを増していく。

怖くなり、必死に金縛りに抗っていると、嫌なことに気がついた。

部屋の隅に、〈誰か〉が立っていた。

闇溜りのように黒く、輪郭も朧《おぼろ》な人影だが、はっきりと〈そこにいる〉のがわかる。

そして、そいつはゆっくりと福田さんに近づいて――

突然、真っ黒な指先を、福田さんの口の中に捻じ込んできたという。

〈むわっ〉と、筆舌に尽くし難い臭気が、舌の表面から喉の奥へと広がった。
強い嘔吐感が込み上げたが、神経が高ぶっているせいか吐瀉することは叶わない。
指先が蠢《うごめ》くたびに、〈ぬるり〉とした液体が喉の奥へと流れ込んだ。
「――うがぁぁぁあああっっ！」
堪らず絶叫した福田さんの喉に、ひりひりと焼けるような激痛が走った。
真っ黒な影の顔面が、喉の奥を覗き込むように迫っていた。
『……ゆゆぅぅうびぃぃぃ……わぁぁ……しぃのぉぉ……』
ざらざらに掠《かす》れた叫び声が、冷たい木枯らしのように耳朶《じだ》を揺らす。
息もできず、意識が遠くなる瞬前――影の頭部が〈べこり〉と凹《へこ》んでいるのを見た。
まるで、強い力で無理矢理に毟《むし》り取ったような、無残な有様だったという。

翌朝、目を覚ますと、自分の吐瀉物で寝床が酷く汚れていた。
相当な量を吐いたらしく、胃液を吸収した布団がじっとりと湿っている。
部屋に、不審者が侵入したような形跡はなかった。
「昨晩の出来事が夢か現実だったのか、どうにも判断できなくてね。ただ、あの『影』

が言っていた言葉に、ひとつだけ思い当たることがあって」

福田さんは布団の処理もそこそこに、台所へと向かった。

そしてテーブルの下から、乳白色の破片を見つけ出したのだという。

以前、浅蜊を食べたとき、みそ汁に混ざっていたあの異物である。

早速、福田さんはその異物を携えて、友人の家を訪問した。

「――多分これ、指の骨だよ。人間の」

小学校の担任をしている友人が、手渡された破片を受け取るなり、そう言った。

「〇〇川だろ、拾ったの？　俺も毎年、課外授業であそこの河川敷に行くんだわ……で、たまに生徒がさ、こんなのを拾ってきてね。その度に、警察に届けているんだが」

殆どが太平洋戦争時に空襲で亡くなった方々の遺骨なのだと、友人が教えてくれた。

念のため警察に届けると、後日に〈人間の指骨である〉という鑑定結果を貰った。

もちろん、事件性は認められないらしい。

不思議なことに、警察に〈指の骨〉を渡したその日から、福田さんが夜中に吐き戻すことはなくなったという。

「たぶんあの人影は、ずっと自分の指を探し続けていたんじゃないかな？　まぁ、不憫《ふびん》なことだとは思うけど……俺もさ、あの骨を飲み込んでなくて、本当によかったよ。アイツに胃袋の中まで探られたら、たまったもんじゃないからさ」

ただし、福田さんは今後も、野生の貝を食べることをやめるつもりはないという。

「新鮮で美味しい貝を食べるためなら、多少、怖い目に遭うことも辞さない」というのが、彼の思想信条なのである。

こけし

「どうせ気味が悪いとか、呪われそうだのって言うんだろ？」

こけし愛好家の水瀬さんに、酒席で「怖い話は無い？」と訊ねたときの反応である。

「失礼なことを言った」と正直に詫び、その後はひたすらご機嫌を取る羽目になった。

すると、やがて機嫌を直した水瀬さんが「そう言えば一度だけ」と、こんな話を語ってくれた。


数年前のこと。

水瀬さんは同じ趣味の人々が集う同好会で、一体のこけしを購入した。

売り主の名前は岡本と言い、七十過ぎの老コレクターだった。

なんでも、岡本さんはその集会を最後に、こけし収集を辞めるつもりなのだという。

そのため自分のコレクションを、手頃な値段で売りに来ていたのである。

「高齢を理由に、こけしを処分する人も多いんだよ。家族がコレクションを引き継いでくれるならいいけど……趣味が合わないと、ただのゴミになっちまうから」

長年収集を続けてきただけあって、岡本さんのコレクションには名品が揃っていた。骨董的な価値のある年代物や、高名なこけし職人の作品、人間国宝が原木から削り出した一点物まで、多種多様なこけしが取り引きされたのだという。

「だけど、僕が譲って貰ったのは、名のある作品なんかじゃなくて」

特にこれと言った特徴のない、普通のこけしだった。

しかし水瀬さんには、それが特別に可愛らしく見えたのである。

聞くと、岡本さんもそのこけしが一番のお気に入りだったらしい。

手放すべきかどうか、最後まで悩んだ一品なのだという。

「でも、キミならこの子を大切にしてくれそうだ」

優しく微笑みながら、岡本さんはそのこけしを譲ってくれた。

「よほど可愛がっていたんだろうね。手渡すときに少し名残惜しそうにも見えたんだ。だからさ、今度は僕が大切に引き継がなければいけないと思って」

だが、帰宅してバッグを開けてみると、こけしを収めた木箱が入っていなかった。

記憶を遡《さかのぼ》ってみたが、途中でバックを開けた覚えもない。

同好会が開催された会場に確認を入れたが、忘れ物は届いていないという。

「残念にも思ったけど……なによりさ、元の持ち主の岡本さんに申し訳がなくてね。彼がとても大切にしていたこけしを、いきなり紛失してしまったんだから」

とにかく謝罪をしようと、水瀬さんは岡本さんのご自宅に電話を掛けた。

すると、いきなり岡本さんが「こけしを会場に忘れていっただろう?」と言う。

なんでも、同好会の終わりに岡本さんが帰り支度をしていると、会場の隅に木箱が置かれていることに気がついたそうだ。

開けてみると、水瀬さんに譲ったはずのこけしが入っていた。

〈置き忘れかな〉と考えた岡本さんは、一旦こけしを預かることにしたのである。

水瀬さんは恐縮しつつも、着払いでこけしを送って頂けるよう、お願いした。

「だけど結局、受け取れなかったんだよ。宅急便の着日前に、急に二週間ほど出張が入ってしまって。土曜の昼にやっと帰宅したんだが、すでにこけしは送り主に返送されていてね」

水瀬さんは急いで岡本さんに連絡を取ると、「いまから車で伺います」と伝えた。

「送り直そうか?」と気遣って貰ったが、これ以上、好意に甘える気にはなれない。

住所を聞き出すと、早速、自家用車で向かうことにした。
岡本さんのご自宅は、高速道を使って三時間ほど離れた場所にある。
そのため、インターチェンジを下りたときには、すでに陽が傾いていたという。
住宅街の薄暗い路地を縫い進み、逸《はや》る気持ちで車を走らせていると――
突如、目の前に女の子が飛び出してきた。
瞬間、水瀬さんがブレーキを踏むのと、バンパーが鈍い音を立てるのが同時だった。
「――しまった。大変なことをした」
全身から血の気が引くのを感じながら、慌てて車外に出た。
が、誰もいなかった。
周辺を探し、車体の下を覗き込んだりもしたが、どうしても女の子が見つからない。
「そんな馬鹿な……」
しかし、何度調べ直しても、被害者らしき人影は見当たらないのである。
――その代わり、路肩に一体のこけしが落ちているのに気がついた。
驚いたことに、それは岡本さんから譲って貰ったこけしに、そっくりだったという。
「正直、訳がわからなくてね。僕には、人を撥《は》ねたという感触があったんだけど、被害者は見つからないし……なんで住宅街にこけしが落ちているのかも、まったく理解ができなくて」

とは言え、被害者が見つからない以上、いつまでも道端に留まる必要はない。

腑《ふ》に落ちないながらも、水瀬さんはその場から離れることにした。

岡本さんのご自宅は、そこから幾らも離れていない町の高台にあったという。

早速、訪《おとな》いを入れると、彼の息子さんが出迎えてくれた。

「親父から話は聞いています。折角、お越し頂いたのに、本当に申し訳ない」

険しい顔つきで、息子さんが〈ぺこり〉と頭を下げる。

彼が言うには、岡本さんは数時間前に交通事故に遭い、現在、病院で治療を受けている最中なのだという。

どうやら岡本さんは、譲ったこけしを携え、近くの道路まで迎えに出ていたらしい。

そのとき、偶然通り掛かった車に、出会い頭にぶつけられたというのである。

事故現場を聞くと――ちょうど水瀬さんが、女の子を轢いた辺りだった。

「申し訳ないと思ったけど……ちょっと、嫌な感じがして。だって、僕が事故を起こした場所で、先に岡本さんが車に轢かれていたなんてさ……それに、あそこで拾ったこけしを息子さんに見せたら、『恐らく、親父が落とした物でしょう』って」

ただ、幸いにも岡本さんの怪我は軽く、翌日には退院できるとのことだった。

病床で彼は『水瀬さんを迎えに行ってくれ』と、息子さんに頼んでくれたらしい。

聞くと、息子さんはこれから病院へと戻るつもりなのだという。

水瀬さんは「是非、お見舞いを」と、病院まで同行させて欲しいと懇願した。

迷惑かと考えたが、このまま挨拶もせずに帰る訳にはいかなかったのである。


――病院で、岡本さんが亡くなったと知らされた。

ふたりが到着する、ほんの数分前のことだったという。

詳しくは聞けなかったが、どうやら担当医の診断に誤りがあったらしい。

「息子さんが説明を受けているのを横から見ていたんだが、医者もかなり混乱しているみたいだったよ。さすがに息子さんは……納得できない様子でね」

荒々しい口調で、傲然と担当医に詰め寄っていた。

だが、やがて落ち着きを取り戻すと「こういう事情なので、お引き取り願えますか」

と、水瀬さんに断りを入れた。

水瀬さんは丁重にお悔やみを伝えて、病院を辞去することにした。が、離れる間際、「良かったら、これを」と、咄嗟《とっさ》にこけしを息子さんに手渡したのだという。

故人が可愛がっていたこけしなので、一緒に棺に入れて欲しいと頼んだのである。

「でも、本心じゃなかったよ……本当はさ、あのこけしを持っていたくなかったんだ。女の子の件もあったし……岡本さんが亡くなったのも、偶然だとは思えなくて」

弔意と感じたのだろう、息子さんは素直にこけしを受け取ってくれた。


それから、二週間ほど経ったある日、水瀬さんの元に宅急便が届いた。

見ると、伝票に岡本さんの名があり、中にあのこけしが入っていた。

〈息子さんは、棺に入れると言っていたが……どういうことだろう?〉

何か問題でもあったのかと、岡本さんのお宅に電話を掛けてみた。

すると、「はい、岡本です」と、電話口に女性の声がした。

どうやら、息子さんの奥さんらしい。

水瀬さんは手短に事情を説明し、息子さんと話がしたいと伝えた。

「夫は先日、亡くなりました。あのこけしは……そちらで引き取って頂けませんか?」

――冷えた声で、奥さんが言った。

聞くと、息子さんは岡本さんが亡くなったあの晩に、心不全で急逝したのだという。

水瀬さんがこけしを手渡した、数時間後のことだったらしい。

そのため、葬儀は父と息子の合同葬になったのだという。

「私、何だか気味が悪くて。いまじゃ、ひとり暮らしになってしまったし……あんなもの、うちに置いときたくないんです」

そう言うと、奥さんは早々に電話を切ってしまった。


「奥さんの気持ちはわかるけど……こっちも困ってしまってね。しょうがないから、次の同好会のときに、あのこけしを手頃な値段で売りに出したんだよ」

すると、ひとりの愛好家が購入を希望した。

毎回、遠くの地方から参加している、古株の会員だったという。

だが、次の同好会から、その会員は姿を見せなくなった。

同好会の会長に訊ねると、「彼は最近体調を崩しているようだ」と教えてくれた。

なんでも地元の病院に入院しているらしい。

「こけしを怖いと思ったのは、あのとき限りだったよ。まぁ、怖いって言うより……危ないよね。下手に手を出したら、とんでもないことになりそうで」

その後、あのこけしがどうなったのか、水瀬さんは知らないという。

おりん

都内在住の野中さんが、友人から御嶽山《おんたけさん》への山登りに誘われたときの話だ。

元々、彼の実家は長野にあり、両親が他界した後は弟夫婦が住み暮らしている。

前日に弟夫婦の世話になった野中さんは、翌朝七時に出発の準備を始めた。

御嶽山ロープウェイの乗り場まで自家用車で行き、そこで友人ふたりと落ち合う約束をしていたのである。

弟夫婦は早朝から出掛けており、家を空ける前に戸締りをするよう頼まれていた。

〈さて、そろそろ出るか〉

玄関で登山靴を履き、上がり框《かまち》から立ち上がると――

〈ちりーん〉と、廊下の奥から澄んだ音色が聞こえた。

仏間の「おりん」の響きである。

だが、家の中には誰もいないはずだった。

〈まさか、泥棒か?〉と、緊張しながら仏間を覗いたが、やはり誰もいない。

だが、「おりん」の鳴った残響が、仏間のひんやりとした空間に余韻を残している。

不安になり、家中を見て回ったが、誰かが立ち入った気配は感じられなかった。

「まぁ、普通に考えれば、泥棒がわざわざ仏壇の「おりん」を鳴らすなんてこと、しないんだろうけど……で、気がついたら、待ち合わせの時間が迫っていて」

実家のことが気掛かりではあったが、とにかく御嶽山に向かおうと車に乗り込んだ。

〈ロープウェイで合流できなくとも、頂上付近で追いつければ〉と考えたのである。

が――なぜか、車が動かなかった。

何度キーを回しても、一向にエンジンが掛からないのだ。

「でも、変だとは思ったんだよ。車は新車で購入して、まだ一年も経っていなかったし……大体、東京から長野まで、何の問題もなく運転できていた訳だからさ」

とは言え、現に車が動かないのだから、どうしようもない。

他に打つ手もなく、JAFを呼んで整備工場まで車をレッカーして貰うことにした。

だが、整備士に調べて貰っても、エンジンが動かない理由は判明しなかった。

「おかしいなぁ」と首を傾げるばかりで、まったく埒が明かないのである。

「そんなことをしているうちに、いつの間にか正午を過ぎていてね。さすがにその時間じゃ、山登りは無理だからさ。友人に電話して、謝っておこうと思ったんだ」

だが、何度掛けてみても、友人の携帯電話は不通だったという。

平成二十六年九月二十七日　午前十一時五十二分――

御嶽山は、大噴火した。

後の調査で水蒸気爆発と分類されたその噴火は、火口付近にいた登山者ら五十八名の命を奪う、戦後最悪の火山災害となったのである。

犠牲者らの大半は、飛来した噴石の衝突による「損傷」で亡くなったのだと、当時の報道記録に見ることができる。

野中さんの友人ふたりも、噴火の犠牲者名簿に名を連ねることとなった。

「つき合いの長い奴らだったからさ、辛くてね。もしも、『おりん』が鳴ったあのときに、アイツらを止めていればって……そう思うと、悔しいんだよ」

翌年から野中さんは、ご両親と友人ふたりの墓参りを欠かしたことはない。

「それぐらいしか、してやれないから」と、彼は寂しげに呟いた。

ひなど

都内で介護職に就かれている要さんからお聞きした。

父親の昌三さんは生まれてから亡くなるまでの八十七年間、一度も郷里を離れたことがなかった。

新婚旅行には行かず地元の観光地巡りで済ませ、会社で転勤を命じられれば即辞職し、要さんが親子水入らずで温泉旅行に行こうと誘っても留守番をしているからと拒む。たとえ兄弟の葬儀であっても会場が他地区だと聞けば行かなかった。

何度か要さんから同居の話も持ちかけたのだが頑として首を縦には振らず、「オレの心配はいいっちゃ、自分の心配だけしとけや」と言われる始末。

毎日、まだ空の薄暗い早朝から畑作業をこなし、昼には山へ行って夕食のための菜を摘んで帰ってくるなど、若者顔負けの体力を持っているのでそれほど心配はしていなかったが、虫の報せというものだろうか、ある日、急に父親のことが心配になった。

実家に電話をかけると本人が出たが、どうも様子がおかしい。声にいつもの張りがなく、ため息ばかりついており、大丈夫かと呼びかけると弱々しい「おう」が返ってくる。

急遽、帰省して実家へ行くと、昌三さんは腕や足に大怪我をして動けなくなっていた。

数日前に山で転んだのだと笑って話す。

足や肘に巻かれた包帯には血が滲んでおり、乾いて茶色くなっている。病院には行ったのかと聞くと、自分で応急処置をしただけだと答えた。

すぐに近くの病院に連れて行くと、即日入院ということになった。

本人は「こんなもん怪我のうちに入らんよ、帰るわ」と拒んでいたが、肘《ひじ》からは骨が見えかけていた。だが、問題は怪我のほうではなく、動けないあいだに食事や水分をろくに摂れなかったせいで著しく体力が低下しており、いつなにがあってもおかしくないですよと医師から厳しめの宣告をされてしまった。

『ひなど』のことを口にしだしたのは、入院した翌日からだった。

こんな目に遭ったのは『ひなど』のせいだと、唐突に言いだしたのだ。

怪我を負ったのは山で転んだからだと聞いていたが、転んでなんかいないという。どういうことかなのかと聞いても、『ひなど』のせいだと返ってくる。

——あれはよくねぇものだ。

——えんぎがわるい。

——もう、いきたくねえ。

昌三さんは、その『ひなど』のことをずいぶんと忌《い》み嫌っている。

要さんにはなんのことやら、さっぱりわけがわからない。

意味をたずねると「はぁ？　なんで知らんね」と苛立《いらだ》ったような表情を見せるだけで教えてはくれない。質問に答えるのも馬鹿らしいくらい、知っていて当たりまえの言葉なのかもしれない。

人名。動物。植物。あるいは、山の危険な場所を指す言葉か。

気にはなるが、しつこく聞いて不機嫌にでもなられたら、また家に帰るといってゴネかねない。それがいちばん困るので、この話題には要さんからは触れないようにした。

それからも昌三さんは、謎の言葉『ひなど』を口にし続けた。

ぼそぼそと独り言でこぼすこともあるし、要さんとの会話の中で思い出したように話題に触れたかと思えば、ブッリと話を中断して他の話題に移ることもあった。

はて、これは今、なんの話をされているのだろうと聞いていると『ひなど』のことで、『ひなど』のことを話しているかと思えばそうでなかったりもする。

聞けば聞くほど、正体がわからない。

ただ、ずっと聞いていると、よく使われる表現があることに気付く。

『ひなど』があいているからいかん。

『ひなど』をしめないとでてくる。

これらの表現から『ひなど』とは開け閉めのできる扉や蓋があるものではないか、とそこまで推測したのだが――。

入院から二十日目、昌三さんはこの言葉の謎を墓まで持って行ってしまった。

その後、実家で遺品を片づけていると卓上カレンダーが大量に見つかった。

そこには昌三さんの筆で、数年間の日々の記録が二、三行ほどで綴られていた。

ふと、山に行った日のことも書かれているのではと思い立つ。

入院前日で記録が止まっているカレンダーがあるはずだと家の中を探してみると、あっさりと見つかった。

しかし、そこには『ひなど』のことなど一言も書かれておらず、なぜか昌三さんの亡くなった日付のところにマジックで『仏』の一文字だけが書かれてあったという。

C

夏帆さんには現在、四歳と二歳の息子がいる。

これは上の子の身に起こった、むごい出来事である。


夕食の準備をしている時だった。

上の子がキッチンに駆け込んできて、後ろからエプロンの紐を引っ張ってきた。

「ママ、シーがいっぱいあるよ、すごいから早く見に来て」

はやく、はやく、と急かしてくる。

「シーってなに？　ママ、今忙しいんだけど」

「いいから来て、はやく、はやく」

グイグイ引っぱって急かすので「はいはい」とついていった夏帆さんは、そこで大きな悲鳴を上げることになる。

連れていかれたトイレの中に、大量の髪の毛が落ちていたからだ。

「ね？　シーがいっぱいあるでしょ、ね？　ね？」

息子がなんのことを言っているのかがわかった。髪の毛はどれも五センチほどの長さで、曲がって半円を描いている。それがアルファベットのCの形に見えるのだ。逆向きのCもあり、その二パターンが重なって某有名ブランドのマークみたいになっている箇所もある。上の子はそれらを指さし、「ほら、Cがたくさん！」と興奮していた。

長さは上の子の髪と同じだが、抜け毛というレベルの多さじゃない。

チョキにした指で前髪を切るような所作を見せる。

「自分で切ったの？」

上の子はきょとんとした顔をし、ぶんぶんと首を横に振る。

「ぼく知らないよ」

「――だよね、ごめん」

上の子に髪を切った痕跡はない。髪型もまったく変わっていないし、切れば襟元や耳に短い毛がついているはずだ。ハサミも子供の手の届かないところにしまってある。

じゃあ、この大量の髪の毛はいったい、どこから……。

恐々と一本拾ってみるが、細さ、柔らかさ、色などから見ても上の子の髪とまったく同じ髪質に見える。それが怖い。何者の髪の毛かもわからないほうが、まだよかった。

なにか悪いことが起こる前触れのように思えてならない。

夏帆さんは散らばっている髪の毛をかき集め、トイレットペーパーに包んで流してしまった。後で証拠として夫に見せるための数本のみを残して。

二人でリビングへ行くと、絵本の開いたページに頬を押しつけるようにして下の子が眠りこけている。念のために髪の毛を確認するが、トイレに散らばっていたのとは髪質がまったく違う。

「ママ、今日の晩ごはんなに？」

上の子に聞かれて、食事の準備が途中だったことを思い出した。

「ハンバーグと卵サラダ」

そう答えて頬にキスをしてから、夏帆さんはキッチンに戻った。

ひととおり下拵《したごしら》えを済ませ、時計を見るともう夫の帰る時間だった。

今日は話すことがたくさんあるな……。

「あれ」

いやに静かだな。

急に胸騒ぎを覚えた夏帆さんは、リビングへ様子を見に行った。

今度は声も出なかった。

リビングの床に、Cの形が折り重なって複雑な幾何学模様を描いていた。

トイレに散らばっていた倍、いやそれ以上の量の髪の毛が散らばっている。

なにも知らない下の子は、さっきとほとんど変わらない姿勢で眠っている。

「ママァ……」

叱られて許しを乞う時のような、しょぼくれた涙声が聞こえた。

振り返るとそこには無残に髪の毛を刈り取られた上の子が、俯き様で廊下に立っていた。顔は涙の跡に短い髪の毛がこびりついて、砂鉄を集めた磁石みたいになっている。

手には、子供たちには届かないところにしまっておいたはずのハサミが握られている。

「ママァ……目がチクチクするよ」

そこでようやく、夏帆さんの喉から絶叫がほとばしる。

タックルするように上の子に抱きつくと、顔にまぶされた髪を払い落とし、身体中を撫でさすって、「なにがあったの、なにがあったの」とたずねた。

上の子は、こう話したという。

「さっきね、ぼくがいたの。だから、ぼくのいうとおりにしたの」

北枕

いきなり寝室に入ってきた父親が、まだ寝ていた卓志さんを起こし、厳しい口調で説教をはじめた。

なにを叱られているのか、わからない。

寝る場所を変えなさいと約束させられて説教は終わる。

よく考えると、ひどく理不尽なことで叱られた気がする。

モヤモヤとしてきて、心中は穏やかではない。

父親に対する激しい怒りがふつふつと湧き上がり、その怒りをすぐにでもぶつけたくなる。事の次第では殴ってもかまわない。殺してしまうかもしれない。

父親はいなくなっていたので、足音を大きく響かせて威嚇《いかく》しながら、家の中を探して回る。

押し入れの中に隠れていた父親を見つけ、卓志さんは怒りの拳《こぶし》をあげる。

しかし、そこに隠れていたのは父親ではなく、見知らぬ男性だった。

そんな、夢を見たという。

その日の晩、夢のことを母親に話すと、本当に父親が来たのではないかという。

「あんたになにか言いたいんじゃない？」

「いまさら幽霊？　ないでしょそれは」と笑って否定した。

父親は卓志さんが小学生の頃に亡くなっている。

朝、布団の中で眠るように冷たくなっていた。突然死である。

あまりに急な別れだったので、しばらくは死んだという実感がなかった。ただ、夜になると父親がもういないという実感がわいてきて、怖いくらい寂しくなって泣きじゃくり、「男がいつまでもメソメソするな」とよく母親に怒られた。十年前のことだ。

昔のことを思い出していると、父親がわざわざ夢にまで出てきて自分になにを言いたかったのか、気になってしまう。所詮は夢なのだから意味などないのはわかっているし、後半からはもう父親は関係のない内容だった。それでも、なにかのメッセージだったらと淡い期待を抱いてしまう。

どうせなら夢なんかじゃなく、幽霊になって出てきてくれたらいいのに。

「でも、ただの夢にしては、なかなか意味深なんじゃない?」と母親。

最後に父親がまったく知らない別人になっていたなんてオチだ。確かに意味深ではある、というか、少し気味が悪い夢だ。

「そこじゃなくて、寝る場所を変えろって言われたんでしょ。あんた、寝る向きのことをいわれたんじゃない?」

そんな指摘を受け、卓志さんは「ああ、なるほど」と合点がいく。

そういえば、父親は寝る時の頭の向きを異常に気にする人だった。

何度も北の方角を教えられて、「北枕は死人の寝方だ」「生きているうちにやると死人になるぞ」と脅かされた。

そんなことをいっていた本人は——。

冷たくなっていたあの日、北枕だったのだ。

わからなかった。

あんなに嫌っていたはずの北枕を、なぜ父親が。

そして、しばらくそれが父親の急死の原因なのだと、卓志さんは信じていた。

その晩、普段自分が寝ている時の頭の方角を調べてみた。西だった。

だから、布団を動かして北向きにした。

こんなことで人が死ぬわけない。こんな迷信に親が殺されたなんて信じない。

でもこんなことをしたら、今夜も父親が夢に出てくるかもしれない。すごく怒られるかもしれない。半分くらいはそんな期待をして、床についた。


朝を迎えた。

期待していた夢を見ることはなかった。修学旅行で点呼の時間に間に合わなくて焦っているという、ひどくつまらない夢を見た。

そんなもんだろうと苦笑し、枕元に置いた眼鏡をかけると枕がないことに気付く。寝ぼけて蹴飛ばしたのかと周りを探すが、部屋のどこにも見当たらない。

すると、部屋に母親がやって来て、「はい、これ」と枕を差し出した。

卓志さんの枕だった。枕カバーが煤《すす》のようなもので汚れている。

起きたら部屋の隅に転がっていたと母親は説明した。

母親の寝室は、卓志さんの部屋の真下である。

笑い声

それは二年前、新社会人になってすぐの上田さんの身に起こった。

新しい環境に気持ちがついていけず、そのためかこの頃はひどく情緒不安定だった。職場から自宅のマンションに帰宅後、シャワーを浴びて一息つくとなぜか過去のことを思い出してしまい、泣いてしまう。

実家で飼っていた猫が病気になって血を吐きながら死んだこと。仲のよかった友達が陸橋から転落して亡くなったこと。かわいがってくれた祖母が孤独死で亡くなったこと。三年付き合っていた彼女に理不尽な理由で別れを告げられたこと。

一度、悲しみの感情に陥れば涙の種は尽きることなく記憶から引きずり出され、一時間でも二時間でも泣き続けた。


その日も、なれない環境に心身をすり減らしながら帰宅した上田さんは、シャワーを浴びてベッドに伏すと、昔のことを思い出しながらシーツに涙をしみ込ませた。

一時間ほど泣いて、精神もいくらか落ち着きかけてきたときだった。

テレビの電源が勝手に入った。

知らない役者の出ているドラマだ。視聴予約はしていない。

リモコンを踏んでいるのかと見たがしっかりとテーブルの上にある。

テレビからは音声が出ておらず、リモコンで音量を上げてもまったく出ない。

買ってまだ二年なのにもう故障なのかとリモコンをいじっているうちに、自分の耳がおかしいことに気づいた。

音という音が一切、聞こえない。

耳栓をした時の詰まった感じもなく、おそろしく静かな空間の中にいるような感覚だったので、しばらく耳の異常に気づけなかったのだという。

綿棒で耳掃除をしてみたり、あくびをして耳抜きをしてみたりもしたが効果はない。

完全な無音の中、深刻な病気ではないかと怖くなり、深夜だったが実家に電話をかけた。聞こえずとも伝えることはできる。この後、我が身になにが起こるかもわからないので、ともかく家族に状況だけは伝えておこうと考えたのだ。

ところが、いつまで経ってもスマホの画面に通話の文字が出ない。

切るとすぐ妹のスマホにかけたが、こちらも繋がらない。そこからは連絡先のグループにある番号へ片っ端からかけていくと何件かは繋がったが、どういうわけか説明している途中で切られてしまう。

パニック状態の上野さんの耳は、無音の中に笑い声を聞いた。

家の外、あるいは同じマンションのどこかの部屋で、男の人が大笑いしている。

聴覚が戻ったのかと安堵したのは一瞬で、自分の声はまったく聞こえないし、テーブルを叩いても物を壁に投げつけても、聞こえてくるのは男の笑い声だけなのだと気づく。

笑い声はどんどん崩れていき、笑い声ではなくなり、男の声でもなくなって、中年女性の間延びした声が、ゆるしてぇ、ゆるしてぇ、と無音の中に聞こえていた。

それから一〇分も経たないうちに耳の異常は回復したが、最初に戻ってきたのは大音量のテレビの音声と苦情を言いに来た住人のインターホンだったという。

仲良し

小場さんの実家には、かなりの頻度で金縛りに遭う部屋がある。

家族全員が体験しており、多い時は三日に一度、四日連続で起きたこともある。

一晩に一度とはかぎらず、二度、三度と起こることもある。そのうえ悪夢までセットになっているので、朝になると枕も布団も汗でグッショリになるという。

そういった理由で、今その部屋は家族から忌避され、半分物置の空き部屋となっている。

「元々は家族全員の寝室だったんです。風通しがいいんで夏なんかはたまに布団を運んで寝ることもあるんですけど、結局、汗だくになって部屋を移動するはめになるんですよ」

その家は三十年前に父親が信頼できる筋から紹介されて購入した戸建の中古物件で、曰く因縁の類は絶対にない（と父親が断言している）。母親や妹があまりに怖がるので父親は、前の住人に奇妙な体験をしなかったかと仲介人にそれとなく聞いてもらったのだが、そもそもその部屋を寝室として使ってはいなかったという返答だった。

小場家以外の人間でも、その部屋で寝れば高確率で金縛りに遭うというので、血筋や体質の問題でもないということだ。


次の話は昨年の夏、小場さんが問題の部屋で体験した最新の金縛り談である。


その晩、小場さんは寝苦しさに何度も目覚めた。

この年の夏の暑さは異常だった。小場さんの住む地域では観測史上最高の気温を記録した。そんな時に小場さんの部屋と居間のエアコンが故障するという最悪な不運に見舞われた。

修理を頼んでも二週間待ちで、購入しても届くのは同じくらいといわれる。ダメもとで高校生の妹にお前の部屋で寝かせてくれと頼んでみたが当然のごとく断られ、今夜からどうすればいいのかと途方に暮れていたところ。

「あの部屋で寝たら？　うちの家でいちばん涼しいいし」

妹は金縛りの部屋で寝ろという。

金縛り程度で済めばいいが、そのうちなにかを見てしまうような気がして例の部屋には近づきたくなかったが、そうも言ってはいられない。何があろうと、熱中症で死んでしまうよりはマシだ。

やがて夜がふけ、家族が各々の部屋に消えていく中、例の部屋に布団を運び込んだ。

床に就いて数分で、身体が強張《こわば》った。

さっそく、はじまった。こうなったらしばらく自由はない。

ならば動かなければいいとジッとしていると、話し声が聞こえる。

こんなことは初めてだった。

声は自分と同年代くらいの男が二人。

怖いという感情には、まったくならなかった。

あまりに普通のトーンの会話だったからだ。

話している内容も、どこどこに行きたい、あれを食べたい、これを見たいといったとりとめのないもので、陰気なワードは一切挿し込まれない。

それに聞いているとだんだん、自分は会話をしている者たちと以前から仲の良い友達だったような、とても不思議な感覚になっていく。

だから、自分を放っておいて会話に夢中なことにいささか腹が立ってきて、なんとか会話に加わろうとするのだが、金縛り中なので声がまったく出ない。

自分の存在を少しでもアピールしたくて手足を動かそうと試みるが、微動だにしない。ただ、目だけは動かせることがわかり、会話の声がする方へと視線を向けた。

二人の男が向かい合って座り楽しそうに話している。

一人は草色っぽい長袖の服を着ていた。もう一人は学生服のように見えた。

やはり、怖くはない。それよりも、なんとか自分の存在に気付いてもらって、この会話に加わりたい。

その想いが通じたのか、はたと金縛りが解けた。

勢いよく起き上がると、二人の男は小場さんへ同時に顔を向けた。

にっこり笑うと、消えてしまった。

しばらくのあいだ小場さんは複雑な感情を胸に残したまま、二人の消えた空間を呆然と見つめていたという。

どうしてあのような感情になったかわからず、二人が最後に見せた満面の笑みが逆に不吉さに思えてきて、今はまた部屋へは極力近づかないようにしているという。

今度はもう

昨秋、知人の女性からこんな話を聞いた。

数年前、彼女の母親は長患《ながわずら》いで総合病院に入院していた。

いつ「その日」が来てもおかしくない重病で、家族からは「なにがあっても良いように喪服を準備しておきな」と念押しされていたが、母の死を早めてしまうような気がして、彼女はどうしても喪服の支度ができずにいたのだという。

そんなある日、病院から「お母さまが危篤です」と連絡が届いた。

これはいよいよかもしれない。

彼女は覚悟を決めて、「その日」の用意をはじめた。

ところが――喪服が見つからない。衣装棚に吊るしておいたはずの上下黒のスーツが、どこをどう探しても見あたらないのである。

こんなことなら、家族の忠告どおり事前にそろえておけば良かった。おのれの迂闊《うかつ》さを悔やみつつ「いざとなったら量販店で購入しよう」と思いなおし、彼女は病院へ向かった。

幸いにも母親は奇跡的な回復を遂げ、一命を取り留める。

そのときは、それで終わった。


数週間後、母親が再び昏睡状態に陥った。

報せを受け、彼女は喪服の捜索を再開する。今回は家のみならず、贔屓《ひいき》のクリーニング店にも連絡を取り、「もしや、引き取り忘れたりしてはいないだろうか」と訊ねた。

結果は不発。家のなかはもちろん、クリーニング店にも喪服は見あたらなかった。

そうこうしているうちに再び母親は窮地を脱し、意識を取り戻す。

安堵しつつも、彼女は悩んでいた。

いいかげん新しい喪服を買うべきだろうか。しかし、こうやって一進一退をくりかえすうちに、もしかしたら母は治るのではないか。ならば購入せずとも良いのではないか——逡巡していた矢先、また病院から「危篤です」との連絡が入った。

三回目ともなれば緊張感も薄れてくる。今回もなんだかんだで元気になるに違いない。やや楽観的な希望を抱きつつ「いちおう見ておくか」と、彼女はこれまでにも何度となく確認している衣装棚の扉へと手をかけた。

「えっ」

開けた目の前に、喪服があった。

あれだけ探しても見つからなかったスーツが衣装棚のまんなかにぶら下がっていた。

ああ、そうか。

お母さん、今度はもう助からないんだな。

彼女の直感どおり、母親はその日のうちに帰らぬ人となったそうである。

実はその家

山形県内に暮らす女性から、こんな話を聞いた。

味わいのある語りが印象的だったので、それを再現する形で紹介したいと思う。


うちの実家、[redacted]（県北部にある町）なんですね。まあご存知のとおり田舎なんですが、その所為《せい》か、変な地名や歴史が多いんですよね。たとえば、実家近くに長尾《ながお》という集落があるんですが、ここは湖に棲んでいた大蛇がズタズタに切り裂かれて、その長い尾っぽが流れ着いたので現在の地名になったんだそうです。余所《よそ》ではあまり聞かない由来でしょ。

ほかにも祈祷塚《きとうづか》とかお経《きょう》ヶ原《がはら》とか、ちょっとゾクゾクするような名前が多いんですけど、そんな場所なもんで、変わった風習もけっこう残っていましてね。

その最たるものが——ある「お祭り」なんですけれど。

あ、具体的にどういうお祭りなのかっていう説明は、ちょっと勘弁してもらえますか。「他地区の人にベラベラ喋るもんでない」って釘を刺されているので。私たちにとってはごく普通の慣れ親しんだ、けれど余所の人が見ればちょっと驚くようなお祭り——とだけ言っておきます。

それで、このお祭りのいちばんの特徴は「神様の持ちまわり」なんです。お祭りで祀る御神体を毎年、地区の家々が順番どおりに管理するんですよ。ええ、ええ、そうなんです。きちんと順番が決まっていて、それは絶対に動かしてはいけないことになっているんです。

御神体の管理にも、いろいろと細かい面倒なしきたりがあってね。おかげで担当の家は、一年のあいだ大変なんですけれど、そんなものは所詮「人間の都合」ですから。神様には関係のない話なんですよ。

えっ、もし勝手に変えると——ですか。

焼けます。

その家、焼けてしまうんです。

かならず。

絶対に。

「火伏《ひぶ》せの神様だから、怒ると逆に燃やすんだ」なんて話を聞いた記憶もありますけれど、詳しいことはわかりません。あまり詮索するのも良くないと言われているので。ただ……過去に一回だけ、どうしても都合が悪くて順番を飛ばしてもらった家があるんですよ。

ええ、焼けました。

居間の大きな座卓が炎に包まれて、あっというまに全焼です。

火の気は全然なかったみたいですけど。だからやっぱり、そういうことなんでしょう。

それ以来、地区の人たちは順番を頑《かたく》なに守っていますよ。ええ、現在もです。

(ぜひ、焼失した家の住人から話を聞きたいと興奮する私に対し)

あの、落ち着いてください、住人の話、もう聞いていますよ。

はい、はい。そうです。

実はその家――私の実家なんですよ。

もろいののじちゃ

変なことを言うものだなあ——と、彼女は三歳になる我が子をしげしげと眺めた。祖父母の家へ里帰りした三日前から今日まで、愛息はおなじ科白《セリフ》をくりかえしている。

もろいののじちゃ。もろいののじちゃ。

はじめは「祖父母いずれかが方言を教えたのだろう」とばかり思っていた。この辺りは古戦場だの落人だのと歴史も古く、お国言葉も独特のものが多かったからだ。

だが、「あの子はなんと言っとるのかねえ」と目を細める祖父を見て、そうではないと知った。

しばらく観察するうち、息子はきまって「もろいののじちゃ」と言いながら、庭を——正確には、庭の向こうに広がる雑木林を凝視しているらしいと気がついた。

もっとも、それが判明したところで発言の意味は解らない。むろん本人にも訊ねたが、「もろいののじちゃ」と返すばかりで、なにも手がかりはつかめなかった。

ようやく正解にたどりついたのは、四日目の深夜。

妙な肌寒さに目を覚ます。ふと見れば、いつのまにか隣で寝ていたはずの息子が布団を抜けだし、夜風を入れようと開けはなった窓の向こうを指している。

「ほら、もろいののじちゃ」

促すような口ぶりに、指で示した方角へ視線を移す。

雑木林の手前を、人が歩いていた。

その頭部がおかしい。スプーンでえぐったカップアイスのように、上半分が欠けている。おまけに、月光に照らされたシルエットが妙にいかめしい。どう見ても洋服ではない。

がしゃら、という金属音で、それが甲冑だと気づいた瞬間「あっ、そうか」と叫んだ。

鎧のおじちゃん、だ。

途端にぞっとして、息子を引き寄せると布団を頭からかぶり、強引に眠った。

翌朝、予定を変更し今日中に帰ると告げたところ、祖父母はたいそう残念がった。

寂しそうな表情に胸が痛んだものの、理由はどうしても言えなかったという。
数年前、東北の某山村での出来事である。

あの峠には

昨年の初夏、私は山形と宮城の県境にかかるT峠へ取材に赴いた。

此処《ここ》はかつて「山中に迷いこんだ母子が謎の老婆と遭遇し、その後に旧日本軍機の残骸が眠る洞窟で緑の気体に襲われた」という、凄まじい告白で有名になった場所である（詳細が気になる読者は「高橋コウの手記」で検索していただきたい）。

それだけではない。

この峠でのUFOの目撃談は数知れず、近年はインターネット上に流布する有名な怪談の舞台にもなっている。私自身も「慰霊碑脇で立ち小便をしたところ怪しい現象に見舞われた」「UFO撮影のため峠をうろついていた最中、翼竜似の巨大生物を目撃した」など、T峠にまつわる奇妙なエピソードを、これまでにも何話か執筆している。

つまるところ、なかなかどうして怪しい場所なのだ。

今回は某出版社から「神隠しにちなんだ怖い話を書いてほしい」との依頼を受け、

ならばT峠の真相を探ろうと現地へ向かったのであった。結果的にはさらなる謎を抱えてしまったのだが、その詳細は別誌に掲載されているため本稿でつまびらかにするのは控えたい。

では、なぜこのような前振りを延々と綴っているかといえば、この取材の道中で出会った六十代男性——峠のふもとで老舗旅館を経営するS氏から、興味深い話を聞いたためである。

「四十年ほど前になります」

ある日、旅館の大浴場で高齢の婦人が倒れたことがすべての始まりだった。従業員から知らせを受けて大浴場へ駆けつけたS氏は、すぐさま湯船に浮いている女性を引きあげ、人工呼吸をほどこす。

残念ながら、蘇生措置は間にあわなかった。

死因は心臓麻痺。

遺族への連絡、警察とのやりとり、ほかの宿泊客への通知……ひととおり為すべきことを終え、ひと息ついていた彼は「あるもの」に目を留める。

脱衣籠に納められていた、亡くなった婦人の衣服。

さすがに捨てるわけにはいかず、かといってこの場へ置きっぱなしにもできない。S氏はやむなく衣類をまとめ、大浴場のちょうど隣にあった空き部屋へと片づけておいた。

「翌日にご遺族がいらして、部屋の荷物と一緒に引き取っていきました。薄桃色のブラウスだったかな。おばあさんにしてはハイカラな服だったもので、いまも印象に残っています」

さて、騒動からしばらく経ったころ、旅館に板前が住みこみで入ることとなった。ところが困ったことに、新しい板前へあてがう部屋の空きがない。当時は温泉街が非常ににぎわっていたため従業員も多く、さりとて客室を潰すわけにもいかなかったのである。

S氏は館内じゅうを探しまわり、ようやくひと部屋だけ空きを見つけた。

大浴場の隣室——あの、死んだ女性の服をしまっていた場所である。

「とはいえ、こっちも半ば忘れていたんですよね。一年以上過ぎてましたから」

明瞭《はっき》りと思いだしたのは数日後。新たに雇った板前からの訴えが、きっかけだった。

社長、あの部屋――なにかありませんでしたか。

深夜、翌日の仕込みを終えて部屋に戻ると、なにやら物音がする。

はじめは「泊まり客が湯船に浸かっているのかな」と思っていたが、入浴時間を終えても音は止まない。おまけに誰か居るような空気が部屋のなかに絶えず漂っている。その気配が濃くなると、音も激しくなる。

それが、たまらなく気持ち悪いんです――板前は、紙のように白い顔で告げた。

「どんな……音なんだい」

予想外の告白に戸惑いつつ訊ねると、板前は真顔でS氏を見つめ、

「さあっ、さあっ、さあっ、さあっ、さあっ」

みずからの声で、音を再現した。

「箒《ほうき》で畳を掃くような音も、舌をべろんと出した表情も不気味だったんですが、なによりもこちらを直視する目の冷たさにぞっとしまして。これ以上騒ぎになっても困るなあと思い、近くのお寺さんにお経をあげてもらったんです」

音はその日以降ぴたりと止んだ。S氏もすぐに忘れた。

だが、それから半年後。


社長、あの車——なにかありませんでしたか。


次に問うてきたのは、宿泊客を送迎しているバスの運転手だった。

その夜、彼はいつもどおり客を最寄り駅まで送り届け、旅館へ続く道を戻っていた。

道の途中には、T峠から温泉街へと続く一本のトンネルがある。その内部へ入った直後、砂利を踏むような、さあ、さあ、という音が聞こえだしたのだ——と、運転手は告げた。

トラックが積載物でも落としたか、それともバスが故障したのだろうか。

路面を確認しようと、バックミラーへ視線を移す。

「ぎゃあっ」

無人のはずの後部座席に、人が乗っていた。

見知らぬ老婆が俯いている。だらりと垂れた白髪と、皺《しわ》だらけの細い指だけが見える。

運転手は慌ててブレーキを踏み、バスを急停車させた。驚きよりも「降ろし忘れた客ではないか」という疑念がそうさせたらしい。

しかし再びバックミラーを見てみると、老婆はすでに消えていた。念のためバスを路肩に寄せて車内を確かめたが、やはり誰も乗ってはいなかった——運転手は、顔面蒼白でそのように語ったのである。

「いやいや、服の色なんて聞きませんよ。だって……薄桃色だったら怖いじゃないですか。送迎だけお願いしている運転手さんで、浴場での事故も板前の一件も知らないんですから。で、〝こりゃあマズい〟と住職をもういっぺん呼んで、今度はバスをお祓いしたんですよ」

読経が効いたものか——運転手の身に、その後妙なことは二度と起きなかった。

「……ええ、あくまで〝運転手の身に〟です。ほかの人が、変なモノを見ちゃったんです」

私なんですけども。

その日の出来事を、S氏は鮮明に憶えている。

時刻は午後六時半。朝から降り続く雨のなか、彼は車で〈例のトンネル〉を走っていた。

「お客さんを最寄り駅まで送った帰りでした。それで……トンネルに入ってまもなく、十数メートル先の路側帯を、誰かが駆けているのを発見したんです」

当初、彼は人影を「湯治客かな」と思ったらしい。その人物が着物姿に見えたからだ。

しかし、推測はすぐに疑問へと変わった。温泉街周辺ならともかく、一キロ以上も離れた峠道まで浴衣で移動するものだろうか。

首を捻っているうちにも、車は走者にどんどん近づいていく。うっかり撥ねても不味いと、スピードを緩めながら、彼は着物の人物に目を凝らした。

女だった。

老いた女だった。

白髪を振りみだした老婆が、着物の裾をはためかせながら走っていた。

「さあっ、さあっ、と衣擦れみたいな音がトンネルに反響していてね、ぞっとしましたよ。だって、窓を閉めていて衣擦れが聞こえるはずないじゃないですか。〝あ、これは普通じゃない〃と確信しました。ただ、湯船で死んだ人だったかどうかはわかりません。あのときもまじまじと顔を見たわけじゃありませんから」

どうあれ、尋常な状況ではない。

「見るな、見るな」とおのれに言い聞かせ、スピードメーターをひたすら睨む。まもなく、なにかが横をすり抜けたような感覚があった。

追い越したか——深々と息を吐き、視線を前に戻す。

「う」

すり抜けてはいなかった。

老婆は、S氏の車と並走していた。

必死でアクセルを踏む。エンジンが唸る。やがてトンネルの出口が見える頃には、老婆の姿はいつのまにか掻き消えていたという。

「我ながら、よく事故らなかったと思いますよ。しかしまあ、あの姿は忘れられませんね。なんといっても容姿が強烈ですし、おまけに」

まだ一昨年の話ですから。

「えっ」

今度は私が声をあげる番だった。

「……すこし整理させてください。浴室で泊まり客のご婦人が亡くなったのが、四十年前」

「ええ」

「それから一年以上が過ぎ、彼女の服を置いていた部屋で板前さんが変な音を聞いたと」

「はい」

「さらにその半年後、今度はバスのドライバーさんが、後部座席に乗った老婆を目撃する」

同意に疲れたのか、S氏が無言で首を縦に振る。

「そして、峠道のトンネルで車と並走する老婆を目にしたのが……去年なんですね。あの、どうして四十年近くも間隔が開いているんでしょうか」

「出られなくなるんですよ、たぶん」

即答だった。

「トンネルはT峠の真下でしょ。あの峠には結界があると地元民は信じていますから」

「けっ、かい……ですか」

「峠の奥にうっかり入ると、慣れた人でも出られなくなってしまうことがあるんだそうです。険しいわけでもないのに迷うのは結界の所為だ——って、年配の方はよく言っていますよ」

生きた人が迷うんだったら、死んだ人も迷うんじゃないですかね。

あまりにもあっさりしたS氏の口ぶりに狼狽しつつ、私は質問を続けた。

「つまり、浴室で死んだご婦人は、トンネルから先に行けぬまま四十年さまよっている……そういうことですか」

「いや、さっきも言ったように、私がトンネルで見た人が浴室で亡くなった女性かどうかは断言できません。ただ、あのとき着物のお婆さんは私の車と並走していたんです。つまり、峠から温泉街の方向へ走っていたんですよ。それって」

トンネルの向こうに出られず引き返している途中だった——そんな気がするんです。


余談である。

取材の翌日、私は愛車を車検に出している。顔なじみのディーラーにお願いしたのだが、まもなく彼から〈最近、変なところ走りました?〉という題名のメールが届いた。

〈排気マフラーに、長い白髪がごっそり詰まってるんですけど〉

T峠と関連があるのかどうかは、考えないように努めている。

著者紹介

我妻俊樹（あがつま・としき）
『実話怪談覚書　忌之刻』で単著デビュー。単著に『忌印恐怖譚　めくらまし』、『奇々耳草紙　憑き人』など。共著では「FKB饗宴」「てのひら怪談」「ふたり怪談」「怪談五色」「瞬殺怪談」等シリーズ、『猫怪談』など。

緒方あきら（おがた・あきら）
短編小説やシナリオを書くライター。趣味はB級映画鑑賞。怪談最恐戦2018〈投稿部門〉として開かれた、毎月お題に添った千文字以内の実話怪談を募集する【最恐戦マンスリーコンテスト】にて佳作受賞。その作品は『稲川淳二の怪談冬フェス～幽宴二〇一八』に収録。今後に期待される書き手のひとりだ。

黒木あるじ（くろき・あるじ）
『怪談実話　震』で単著デビュー。単著に「怪談実話」シリーズである『叫』『畏』『累』『屍』『終』ほか、『無惨百物語』、『怪談売買録　拝み猫』『怪の職安』など。共著では「FKB饗宴」「怪談五色」「ふたり怪談」シリーズなど。『笑う死体の話』（ムラシタショウイチ）や『都怪ノ奇録』（鈴木呂亜）など新しい怪談の書き手も発掘している。

黒　史郎（くろ・しろう）
小説家として活躍する傍ら実話怪談も多く手掛ける。単著に『異界怪談　暗渠』、『黒塗怪談　笑う裂傷女』、「実話蒐集録」シリーズである『黒怪談』『暗黒怪談』『漆黒怪談』『闇黒怪談』『魔黒怪談』ほか。共著では「FKB饗宴」「ふたり怪談」「怪談四十九夜」「怪談五色」等シリーズなど。最新刊は『ムー民族奇譚　妖怪補遺々々』。

神　薫（じん・かおる）
静岡県在住の現役の眼科医。『怪談女医　閉鎖病棟奇譚』で単著デビュー。単著に『怨念怪談　葬難』『骸拾い』など。共著に「FKB饗宴」「瞬

殺怪談」等シリーズ、『恐怖女子会　不祥の水』、『猫怪談』など。女医風呂　物書き女医の日常
https://ameblo.jp/joyblog/

鈴木呂亜（すずき・ろあ）
自称「奇妙な噂の愛好者」。サラリーマンとして働く傍ら、国内外の都市伝説や奇妙な事件を蒐集している。黒木あるじの推薦により『都怪ノ奇録』で単著デビュー。共著に『怪談四十九夜　出棺』など。

つくね乱蔵（つくね・らんぞう）
『恐怖箱　厭怪』で単著デビュー。ほか『恐怖箱　厭獄』、『恐怖箱　万霊塔』、『恐怖箱　絶望怪談』など。共著では『恐怖箱　閉鎖怪談』、『恐怖箱　禍族』、「瞬殺怪談」「怪談五色」等シリーズなど。黒川進吾の名でショートショートも発表、共著『ショートショートの宝箱』もある。

ふうらい牡丹（ふうらい・ぼたん）
緒方あきら同様【最恐戦マンスリーコンテスト】にて、最恐賞&投稿部門大賞受賞。その作品は『稲川淳二の怪談冬フェス～幽宴二〇一八』に収録。こちらももちろん、今後に期待される書き手のひとりだ。

冨士玉女（ふじ・たまめ）
怪談を聞いたり読んだり語ったりするのが好き。普段はサラリーマンとして生きている。このシリーズでは常連参加。

真白　圭（ましろ・けい）
第四回『幽』実話怪談コンテスト佳作入選後、本格的に怪談収集を始める。単著に「実話怪事記」シリーズである『狂い首』『穢れ家』『腐れ魂』、『生贄怪談』、『暗黒百物語　骸』、など。共著に『怪談実話競作集　怨呪』など。

怪談四十九夜 荼毘

2019年3月7日　初版第1刷発行

編著	黒木あるじ
著者	我妻俊樹／緒方あきら／黒　史郎 神　薫／鈴木呂亜／つくね乱蔵 ふうらい牡丹／冨士玉女／真白　圭
デザイン	吉田優希（design clopper）
企画・編集	中西如（Studio DARA）
発行人	後藤明信
発行所	株式会社 竹書房 〒102-0072 東京都千代田区飯田橋2-7-3 電話03（3264）1576（代表） 電話03（3234）6208（編集） http://www.takeshobo.co.jp
印刷所	中央精版印刷株式会社

定価はカバーに表示しています。
落丁・乱丁本は当社までお問い合わせください。

ISBN978-4-8019-1786-6　C0193